カレッジ・オブ・ザ・ウィンド

成井豊

論創社

カレッジ・オブ・ザ・ウィンド

写真撮影
PHILIP KAAKE PHOTOPIX（カバー）
伊東和則（本文）
ブックデザイン
ヒネのデザイン事務所＋森成燕三

目次

カレッジ・オブ・ザ・ウィンド

COURAGE OF THE WIND

登場人物

高梨ほしみ（短大二年）
鉄平（ほしみの叔父・新聞記者）
あやめ（鉄平の妻・ラジオ局勤務）
菊川（あやめの同僚）
ギンペイ（ほしみの父・作詞家）
ナミコ（ほしみの母・インテリアデザイナー）
タケコ（ほしみの祖母）
ツキエ（ほしみの妹・高校二年）
ヨウタ（ほしみの弟・高校一年）
藤枝（看護婦）
松倉（入院患者・看護婦）
萩本（入院患者・カメラマン）
薄田刑事（警視庁）
蒲原警部（警視庁）

1

風の音。
遠くに、タケコ・ツキエ・ヨウタが現れる。

ヨウタ　おばあちゃん、聞こえる？　風の音。
タケコ　ああ。何だか、人が泣いてるみたいだね。
ツキエ　私、本で読んだことがある。人は死ぬと風になるって。風になって、生きてる時に行けなかった所へ行くって。
ヨウタ　行きたい所へ行けるのに、どうして泣くのかな。
タケコ　悔しいからだよ。どこへ行っても、誰も気づいてくれないから。
ツキエ　あの日も風が吹いていた。おじさんが刑事に撃たれた日。

別の場所に、鉄平がやってくる。携帯電話を取り出し、かける。
別の場所に、菊川がやってくる。電話の受話器を取る。

菊川　もしもし。
鉄平　……。
菊川　鉄平さんですか？　鉄平さんでしょう？
鉄平　……。
菊川　（奥に向かって）あやめ！

菊川のそばに、あやめがやってくる。菊川があやめに受話器を渡す。

あやめ　鉄平さん？
鉄平　十時に、あの桟橋で。

鉄平が電話を切り、走り去る。
あやめが受話器を置く。

菊川　鉄平さんか？
あやめ　（うなずく）
菊川　何て言ってた。今、どこにいるって。
あやめ　わからない。でも、十時に、竹芝桟橋に来いって。
菊川　竹芝桟橋？

あやめ　結婚する前に、二人でよく行ったのよ。（腕時計を見て）あと一時間か。ちょっと早いけど、出る。

菊川　いや、おまえはここにいろ。俺がかわりに行く。

あやめ　どうして。

菊川　ここは刑事に見張られてる。おまえが行ったら、尾行される。

あやめ　でも。

菊川　鉄平さんは俺が必ず自首させる。だから、安心して待っててくれ。

あやめ　菊川君！

菊川が走り去る。反対側へ、あやめが去る。

ヨウタ　菊川さんは車で竹芝桟橋に向かった。

タケコ　刑事に尾行されないように、都内をグルグル回ってから。

ツキエ　浜松町で車を乗り捨てて、海に向かって走った。

三人　そして、十時になった時。

タケコ・ツキエ・ヨウタが消える。

別の場所に、菊川がやってくる。反対側から、鉄平がやってくる。

鉄平　あやめはどうした。
菊川　俺がかわりです。
鉄平　あやめに頼まれたのか。
菊川　違います。あやめは自分で行くって言ったけど、俺が止めたんです。鉄平さん、俺の話を聞いてください。
鉄平　悪いが、時間がないんだ。これをあやめに渡してくれ。（封筒を差し出す）
菊川　それは。
鉄平　手紙だ。必ず、あやめに渡してくれ。

菊川が封筒をつかむ。そこへ、蒲原警部・薄田刑事がやってくる。

蒲原警部　高梨。
鉄平　菊川、おまえが連れてきたのか。
菊川　違う。俺は一人で――
蒲原警部　高梨、もう諦めろ。
菊川　鉄平さん、逃げてください！

菊川が蒲原警部に体当たりする。蒲原警部が菊川を突き飛ばし、鉄平をつかみ、頬を殴る。鉄平が倒れる。蒲原警部が鉄平につかみかかる。鉄平が蒲原警部に拳銃を突きつける。蒲原警部が止まる。鉄平が立ち上がる。薄田刑事が鉄平に体当たりする。鉄平が薄田刑事の背中を叩き、腹を蹴る。薄田刑事が倒れる。蒲原警部が鉄平につかみかかる。が、鉄平に拳銃を向けられて、またしても動けなくなる。鉄平がゆっくりと後ずさりする。

菊川　鉄平さん！

鉄平が走り出す。

薄田刑事　(拳銃を出して) 高梨！

鉄平が振り返り、拳銃を構えようとする。と、銃声。

鉄平がよろめく。が、足を踏ん張って、倒れない。右手で左肩を押さえて、走り去る。薄田刑事は拳銃を構えたまま、茫然としている。蒲原警部が薄田刑事の頬を叩き、鉄平が消えた方へ走り去る。薄田刑事も後を追う。菊川がひざまずいて、地面に落ちていた封筒を拾う。中から便箋を取り出す。が、再び中に入れて、三人の後を追う。

遠くに、あやめが現れる。

あやめ　さてと。今夜の最初のお便りは、横浜市に住む十七歳の女の子から。「あやめさん、こんばんは。ミッドナイト・ウィンド、いつも楽しく聴いています。今日はあやめさんに、折り入って相談があります。もし、二人の人を同時に好きになってしまったら、あやめさんはどうしますか？　どっちも同じくらい好きで、一人を選ぶことがどうしてもできないとしたら。私の人生がかかっているので、真剣に答えてください。よろしくお願いします」……なるほどねえ。どっちがいいか決められなくて、悩んじゃってるわけだ。こういうことって、よくあるよねえ。もし、二人の人を同時に好きになってしまったら、私は——

別の場所に、鉄平がやってくる。ポケットから携帯電話を取り出し、かける。
別の場所に、菊川がやってくる。封筒から便箋を取り出し、読む。
あやめが消える。鉄平・菊川も走り去る。

2

病室。

左側にドア。奥と右側に窓。ベッドは三つ。右側のベッドに松倉が、真ん中のベッドに萩本が寝ている。そこへ、藤枝がやってくる。トランクを持っている。

藤枝 失礼します。

萩本 どうぞ。

藤枝 （振り返って）さあ、ここがあなたの部屋よ。入ってちょうだい。

そこへ、ほしみがやってくる。パジャマを着て、頭と左腕に包帯を巻いている。

藤枝 これがあなたのベッドね。入口に近い方が、何かと便利なのよ。だから、この部屋にしたんだけど。

ほしみ すいません。

そこへ、ギンペイ・ナミコ・タケコ・ツキエ・ヨウタがやってくる。それぞれがバッグやトランクやリュックサックを持っている。

ナミコ　あら、わりかし広いお部屋じゃない。
ツキエ　でも、前の病院より古いね。
ナミコ　建物は古くても、設備は最新式なんだって。
タケコ　でも、このベッド、錆びてるよ。ほら、見てよ、おばあちゃん。
ナミコ　なんか、私より年寄りって感じだね。
タケコ　贅沢言わないでよ。ここなら、家から歩いて通えるんだから。
ナミコ　ナミコさんは家から通うつもりなの？
タケコ　そのつもりですけど、お義母さんは？
ギンペイ　私はここに泊まるよ。ほしみから離れるわけにはいかないもの。
ヨウタ　じゃ、俺も泊まろう。
ナミコ　俺も。
ほしみ　バカなこと言わないでよ。男はダメよ。
タケコ　ちょっと、みんな、静かにしてよ。看護婦さんの話が聞こえないじゃない。
ほしみ　そうだよ、おまえたち。病院に入ったら、大きな声を出すんじゃないよ。
藤枝　おばあちゃんもね。
　ほしみちゃん、私の話、聞いてる？

ほしみ　聞いてます、聞いてます。
藤枝　交通事故って、二、三日経ってから、急に痛くなることがあるのよ。何かあったら、このブザーを押してね。
ほしみ　すいません。
藤枝　（首を横に振って）ううん。何もなくても、押して構わない。淋しいなあとか悲しいなあとか思ったら、どんどん押していいわ。私でよければ、いつでも話し相手になってあげる。
ナミコ　すいません、いろいろと気を遣っていただいちゃって。
ギンペイ　しかし、ずいぶん親切な看護婦さんだなあ。
藤枝　（ほしみの手を握って）私のこと、看護婦だと思わないで。お姉さんだと思ってちょうだい。
ギンペイ　ちょっと親切すぎないか？
ナミコ　優しい人なのよ。ほしみのことを、親身になって心配してくれてるのよ。
藤枝　（ほしみに）それじゃ、トランクはここに置いとくわね。
ほしみ　藤枝さん、そのトランク——
藤枝　あら、ダメよ、藤枝さんなんて呼んじゃ。私はあなたのお姉さんなんだから、お姉さんて呼んでよ。
タケコ　いいんですか？
ツキエ　おばあちゃんに言ったんじゃないの。

藤枝　（ほしみに）それじゃ、試しに一回呼んでみようか。お姉さんて？

ほしみ　聞くんじゃなくて、呼ぶのよ。さあ、早く。

藤枝　お姉さん。

タケコ　おばあちゃん！

ほしみ　誰がおばあちゃんなんて、呼べって言った？　お姉さんよ。さあ、早く。

藤枝　お姉さん。

松倉　何よ、そのおばさんみたいな声は。

藤枝　おばさんみたいで悪かったわね。

松倉　いいえ、別にそういう意味じゃなくて……。

藤枝　藤枝さん、そちら、新しい人？

萩本　そうなんです。たった今、他の病院から移ってこられて。

藤枝　（松倉・萩本に）高梨ほしみです。今日からこちらでお世話になります。

ほしみ　（松倉・萩本に）ほしみの母です。うちの娘をよろしくお願いします。

ナミコ　他の四人も挨拶をする。

ほしみ　いいよ、みんなは挨拶しなくても。

ナミコ　どうしてよ。娘をお願いするのは、母親として当然の仕事でしょう？

ほしみ　だからって、五人いっぺんに声を出したら、うるさいじゃない。
藤枝　ほしみちゃん、聞いてる？
ほしみ　聞いてます、聞いてます。
萩本　私は萩本。バイクの事故で、足がグチャグチャになっちゃってさ。
ヨウタ　グチャグチャ？
萩本　（ほしみに）まあ、ここの先生は腕がいいから、なんとか元通りになりそうなんだけど。
ヨウタ　なんだ、つまんねえの。
ナミコ　ヨウタ！（萩本に）すいません、この子ったら、失礼なこと言っちゃって。
萩本　（ほしみに）やっと松葉杖が使えるようになって、もうすぐ退院なんだ。短い付き合いだろうけど、よろしく。
ほしみ　よろしくお願いします。
松倉　私は松倉っていうの。この病院の看護婦。
ギンペイ　へえー、この人も看護婦さんなのか。
ナミコ　今日はここでお昼寝かしら？
ほしみ　（松倉に）お昼寝ですか？
松倉　違うわよ。看護婦がそんなに暇なわけないでしょう？　働きすぎで、腰に来ちゃったの。椎間板ヘルニアってやつよ。
藤枝　（ほしみに）松倉さんは外科の主任さんなの。見た目は怖いけど、頼りになる人よ。
松倉　私のどこが怖いのよ。

タケコ　怖いよねえ？

ツキエ　小児科には絶対に向いてないってタイプだよね。

ほしみ　そんなことないよ。気は短そうだけど、開けっ広げで付き合いやすいって感じじゃない。

松倉　（藤枝に）何言ってるの、この子？

ナミコ　すいません、うちの子供たちって、みんな開けっ広げなんです。思ったことはどんどん口にしちゃうタチで。

萩本　でも、松倉さんて、ホント、そういう人だよね。私も最初はちょっと怖かったんだ。すぐに慣れたけど。

松倉　（ほしみに）あなたもすぐに慣れるわよ。まあ、私も看護婦のハシクレだから、何かあったら相談に乗るわ。

ほしみ　よろしくお願いします。

藤枝　（松倉に）私からもお願いします。あ、そうだ。（ほしみに）松倉さんのことは、お母さんて呼んだらどう？

松倉　ちょっと、藤枝さん。何であなたがお姉さんで、私がお母さんなのよ。

藤枝　（ほしみに）それで、萩本さんのことは、お父さんて呼ぶの。

萩本　お父さんは勘弁してよ。私はこれでも、嫁入り前の娘だよ。

松倉　私だって、まだ娘よ。（藤枝に）私もお姉さんにしてよ。

藤枝　まあ、いいじゃないですか。お父さんとお母さんということにしておきましょう。

松倉　狭いわよ、一人だけ。

藤枝　だって、三人ともお姉さんになっちゃったら、家族にならないでしょう？
ギンペイ　どうして家族にならないとまずいんだ？
ほしみ　そうよね。藤枝さん、どうしてこの部屋の人を家族にするんですか？　そんなことしなくても、私には私の家族が──
藤枝　ほしみちゃん……。（ほしみの手を握る）
ヨウタ　どうしたの、この人？
藤枝　（ほしみに）それじゃ、また後で来るからね。

藤枝が走り去る。

ヨウタ　何だよ、一人で盛り上がっちゃって。
萩本　（松倉に）藤枝さん、今、泣いてませんでした？
松倉　何か、その子に対して、必要以上に同情しちゃってるみたいね。
萩本　（ほしみに）そんなにひどい怪我なの？
ほしみ　いいえ。頭も腕も、ちょっと切っただけなんですよ。
ナミコ　本当に痛くないの？
ほしみ　全然。こんな軽い怪我で、わざわざ入院することなんかなかったのよ。
タケコ　でも、念には念を入れて調べないとね。
ほしみ　わかってる。（萩本に）だから一応、明日の朝、精密検査をすることになってるんです。

松倉　そうね。そうした方がいいわね。
萩本　頭の怪我は、後が怖いですからね。
松倉　そうですか？　私は何ともないと思うけど。
ほしみ　交通事故？
松倉　ええ。昨日の昼過ぎに、盛岡で。
萩本　それで、今日になって、こっちに移ってきたんだ。
ほしみ　（ほしみに）事故って、車？　バイク？
ほしみ　車です。うちの家族は、毎年夏休みにキャンプに行くんですよ。父がそういう野外活動の──
ギンペイ　アウトドアライフ。
ほしみ　アウトドアライフの大好きな人で、キャンピングカーまで買っちゃって。
萩本　本格的じゃない。お父さん、何してる人？
ほしみ　作詞家です。高梨銀平って、聞いたことないですか？
松倉　うん、聞いたことない。どんな歌、作ってる人？
ほしみ　（ギンペイに）どんな歌？
ギンペイ　『愛は力まかせ』とか『押し倒してマイラブ』とか。（近江谷太朗・作）
ほしみ　（松倉に）いろいろです。
萩本　で、キャンピングカーは、お父さんが運転してたわけ？
ほしみ　うちで免許を持ってるのは、父だけなんで。

萩本　それなのに、怪我をしたのはあんただけだったんだ。
ほしみ　……いいえ。
松倉　それじゃ、お父さんも怪我したの？
ほしみ　父も、母も、祖母も、妹も、弟も。

ほしみがトランクの中から写真立てを取り出す。ベッドの棚に立てる。

萩本　（写真を見て）これがご家族？
ほしみ　そうです。
松倉　でも、入院したのはあなただけでしょう？　他の五人はどうしたの？
ほしみ　死んだんです。助かったのは、私一人だったんです。

3

ほしみ　昨日の朝、目を覚ました時は、六人だったんです。ベッドから飛び起きて、顔も洗わずに玄関を出ると、家族のみんなは荷物を車に積み込んでるところでした。

ベッドの前で、ギンペイ・タケコ・ツキエ・ヨウタが車に荷物を積み込んでいる。ほしみが四人に歩み寄る。

ヨウタ　あ、ほしみ姉ちゃんが起きてきたよ。
ツキエ　お姉ちゃん、狡いよ。昨夜は「私が一番早く起きる」って言ってたくせに。
ほしみ　ごめん。目覚ましが止まってたみたいで。
タケコ　どうせまた自分で止めたんでしょう？
ツキエ　いいから、いいから。おまえも荷物を運ぶの、手伝いな。
ほしみ　あれ、お母さんは？
ヨウタ　まだ寝てる。
ほしみ　私、起こしてくる。
ギンペイ　いいよ。起こすのは、準備が全部できてからにしよう。

タケコ　あの人、寝起きは機嫌が悪いからね。どうせ使い物にならないよ。
ほしみ　昨夜も帰りが遅かったの？
ギンペイ　午前三時ぐらいかな。
タケコ　旅行の前の晩ぐらい、早めに帰ってくればいいのにさ。
ギンペイ　仕方ないよ、仕事なんだから。
タケコ　仕事が忙しいのは、おまえだって一緒じゃないか。亭主は夕食前に帰ってくるのに、女房は午前様だもんね。
ギンペイ　ヨウタ、サッカーボールはどうした？
ヨウタ　いけね、忘れてた。

ヨウタがベッドの後ろへ行こうとする。そこへ、ナミコがやってくる。

ヨウタ　あ、おはよう、母さん。
ナミコ　（他の五人に）ごめんなさい。目覚ましが止まってたみたいなの。
タケコ　そうなの。それじゃ仕方ないよね。うちの時計はみんな止まりやすいんだね。
ナミコ　何ですか、お義母さん？
タケコ　こっちの話。
ギンペイ　（ナミコに）目覚ましは、俺が止めたんだ。準備ができるまで寝てればいいのに。
ナミコ　そんなわけにはいかないわよ。これは家族の行事なんだから。

ツキエ　そう思ったら、もっと早く起きれば？
ナミコ　だから、「ごめんなさい」って謝ったんじゃない。
ギンペイ　おまえの荷物は、俺が適当に詰めたんだけど、これでいいかな？
ナミコ　そのことなんだけど、ちょっと話があるのよ。
ギンペイ　話って？
ナミコ　昨日、取引先に出したプランがボツになっちゃってさ。今朝も十時から会議があるのよ。
ギンペイ　まさか、行けないって言うんじゃないだろうな？
ナミコ　悪いけど、私も一応、経営者だし。
タケコ　ナミコさん、いきなりそういう話はないんじゃないの？
ナミコ　すいません。私も何とかして行きたかったんですけど。
ほしみ　キャンプは毎年全員で行くって決めたじゃない。
ツキエ　（ナミコに）私なんか予備校をさぼったのよ。
ナミコ　予備校と会社は違うわよ。
ツキエ　どこが違うのよ。学生は勉強が仕事だって、いつも言ってるくせに。
ナミコ　勉強なんか二、三日休んだって、後で取り戻せるでしょう？　仕事は今日休むと、明日から食べていけなくなるの。
タケコ　そうかねえ。うちはギンペイの稼ぎだけで、ちゃんと食べていけるんじゃないの？
ギンペイ　まあまあ、ナミコだって、何とか一緒に行こうって努力したんだから。
タケコ　それじゃ、おまえはナミコさんが行かなくてもいいって言うんだね？

ヨウタ　行きたい人だけで行けばいいんじゃない？
ほしみ　ダメよ。全員で行かなくちゃ。
ヨウタ　いやいやついてこられたって迷惑だよ。せっかくのキャンプがつまらなくなる。
ツキエ　それじゃ、私も行かない。
ほしみ　ツキエ。
ツキエ　私だって、キャンプなんか行きたくないもん。高校一年にもなって、恥ずかしいよ。
ギンペイ　恥ずかしい？　おまえはキャンプが恥ずかしいって言うのか？
ツキエ　どうせ旅行に行くなら、ホテルとかペンションに泊まりたいよ。
ギンペイ　バカ。高い金払って、まずいもの食わされて、何が楽しいんだ。大自然の中で、自分が炊いた飯を食う。この醍醐味がわからないのか？
ヨウタ　でも、三食カレーだと、さすがに飽きるよな。
ギンペイ　ヨウタ。まさか、おまえまで行きたくないって言うんじゃないだろうな？
ヨウタ　俺は行きたいよ。川とか湖で泳ぐの、気持ちいいし。
ほしみ　そうよね？　家族みんなが揃うのは、キャンプの時ぐらいしかないんだもん。人それぞれ事情があるだろうけど、何とか都合をつけて参加しなくちゃ。
ナミコ　私もそう思ったけど、経営者が会議に出ないわけにはいかないのよ。
タケコ　だったら、ナミコさんだけ残して、五人で行こう。いいよね、ツキエ。
ツキエ　お母さんが行かなくていいんなら、私もいいでしょう？
ナミコ　ツキエ、あなたは行きなさい。

ツキエ　狭いよ、自分だけ。
ナミコ　何度言ったらわかるの。大人と子供は違うのよ。
ツキエ　寝坊してきて、偉そうなこと言わないでよ。
ナミコ　何よ、その口の聞き方は。
ツキエ　話をはぐらかさないでよ。
ナミコ　私はあなたの母親なのよ。
ツキエ　母親だったら、少しは母親らしくすれば？
ナミコ　何ですって？
ほしみ　行こうよ！

五人がほしみを見る。

ほしみ　行こうよ、みんなでさ。家族が揃ってキャンプに行けるなんて、とっても幸せなことなんだよ。ヨウタが小学校に入った年から、毎年毎年、行ってきたじゃない。雨が降ったり、タイヤがパンクしたり、いろいろ大変なこともあったけど、楽しかったじゃない。お母さんだって、ツキエだって、一緒に行けば、きっと楽しいよ。
タケコ　そうだね。家の中にいる時はケンカばかりしてるのに、旅行に出るとなぜかなかよし家族になっちゃうんだよね。
ヨウタ　早く出発しないと、道路が混むんじゃない？

ギンペイ　あれ、もうこんな時間か。
ほしみ　ツキエ、行こうよ。
ツキエ　（うなずく）
ほしみ　お母さんは？
ナミコ　……一泊だけよ。一泊したら、電車で先に帰るから。
タケコ　強情な女だね。
ナミコ　何ですか、お義母さん？
タケコ　さあ、出発だ、出発だ。

六人が車に乗る。運転席はギンペイ、助手席はヨウタ、それ以外の四人は後部座席にそれぞれ座る。

ほしみ　家を出たのが午前七時。東京を出て、埼玉と栃木と福島と宮城を通って、岩手に入ったのが午後三時。
ナミコ　（ギンペイに）ねえ、まだ着かないの？
ギンペイ　もうすぐ、もうすぐ。
ナミコ　何回聞いても、「もうすぐ」ばっかり。
タケコ　ヨウタが言ったのは本当だね。いやいやついて来られても、つまらなくなるだけだ。
ナミコ　何ですか、お義母さん？
タケコ　ナミコさんの言う通りだよ。ギンペイ、もっとスピードを出しな。

ギンペイ　これで精一杯だよ。
ヨウタ　父さん、盛岡まであと十キロだって。
ギンペイ　ということは、岩木山まであと一時間か。（振り返って）ほらな？　ホントにもうすぐだろう？
ほしみ　お父さん、後ろを向かないで！
ギンペイ　前ばっかり見てると、肩が凝るんだよ。
タケコ　朝から運転しっぱなしだもんね。疲れただろう？
ギンペイ　疲れた。ヨウタ、替わってくれるか？
ヨウタ　オーケイ。
ほしみ　お父さん！
ギンペイ　バカ。ヨウタだって、車の運転ぐらいできるんだぞ。
ヨウタ　去年のキャンプの時に教わったんだよ。あれから一年、やってないけど。
ほしみ　今はいい。向こうに着いてからにして。
ヨウタ　つまんねえの。
ナミコ　ツキエ、車の中で本を読むと気持ち悪くなるわよ。
ツキエ　大丈夫。
ほしみ　何、読んでるの？
ツキエ　生物の参考書。
ほしみ　（本を覗き込んで）細胞分裂？　気持ち悪い。

ツキエ　気持ち悪い本を気持ち悪い状態で読むと、かえって気持ち悪くなくなるの。
ヨウタ　嘘だあ。
ツキエ　じゃ、試してみなよ。（ヨウタに本を渡す）
ヨウタ　うわあ、何これ。リボソーム？　ミトコンドリア？
ギンペイ　（本を覗き込んで）オエッ！
ほしみ　お父さん！　前を見て、前を！
ギンペイ　ツキエ、おまえの説は間違っている。オエオエッ！
タケコ　気持ち悪いのかい？　これでも飲むかい？（ギンペイに缶を渡す）
ギンペイ　（一口飲んで）何だ、これ。
ヨウタ　（缶を見て）やばい、ビールだ！
ギンペイ　ウイッ！
ほしみ　お父さん、前！
ギンペイ　嘘だよ。ビールぐらいで酔っ払うわけないだろう？
ナミコ　全く、ほしみは心配性なんだから。
ほしみ　だって、せっかくみんなで旅行に出かけたのに、ここで事故が起こったりしたら……。
タケコ　みんないっぺんに死ぬんだ。気持ちいいじゃないか。
ほしみ　よくないよ。楽しくなるのは、まだこれからなんだから。
ヨウタ　父さん、あのトラック。
ギンペイ　フラフラしてるな。ちょっと避けるか。

ヨウタ　こっちへ来る！
ギンペイ　みんな、伏せろ！

車が衝突する音。
六人が倒れる。やがて、ほしみがゆっくりと立ち上がる。

ほしみ　……お父さん。……お母さん。……おばあちゃん。……ツキエ。……ヨウタ。

五人がゆっくりと顔を上げる。周囲を見回し、お互いに気づく。

ヨウタ　……グチャグチャ。
タケコ　……まいったね。
ナミコ　……死んだの？
タケコ　……下を見てごらん。
ツキエ　……ひどい。
ギンペイ　……避けきれなかった。
ヨウタ　……仕方ないよ。
ナミコ　……ほしみは？

31　カレッジ・オブ・ザ・ウィンド

五人が振り返る。ほしみと目が合う。

ナミコ……助かったの？

ほしみ（うなずく）

ギンペイ……昔からクジ運が強かったもんな。

ほしみ（泣く）

タケコ……どうして泣くんだい。泣くことないよ。

ほしみ……だって、みんな。

ツキエ……血が出てるよ。（ほしみの左腕を指さす）

ほしみ……大丈夫。

ツキエ……頭からも出てる。

タケコ……痛いだろう？

ほしみ……痛くない。こんなの、全然痛くない。

ヨウタ……病院へ行きなよ。

ギンペイ……誰か、人を呼ぶんだ。

ナミコ……私たちも一緒に行ってあげるから。

ほしみ……一緒に？

ギンペイ……家族旅行だからな。

五人が立ち上がる。ほしみの周囲に集まる。

4

サイレンの音。
鉄平が走ってくる。右手で左肩を触り、右手を見る。

鉄平 血はなかなか止まらなかった。痛みで、何度も気が遠くなりかけた。が、ここで捕まるわけにはいかない。あやめに会うまでは。どうしても、話しておきたいことがあった。

反対側へ、鉄平が走り去る。薄田刑事が走ってくる。右手で地面を触り、右手を見る。反対側へ走り去る。蒲原警部が走ってくる。後を追って、菊川が走ってくる。

菊川 待てよ！

蒲原警部 ついてくるな！

菊川 （蒲原警部の腕をつかんで）なぜ撃ったんだ。

蒲原警部 撃たなければ、こっちがやられてた。

菊川 鉄平さんに撃つ気はなかった。

蒲原警部　だったら、なぜ俺たちに銃口を向けたんだ。
菊川　あんたたちから逃げるためだ。それなのに、なぜ撃ったんだ。

反対側から、薄田刑事が走ってくる。

薄田刑事　蒲原さん、高梨は駅に向かったようです。
蒲原警部　よし。（菊川に）いいか、こいつは警察の仕事だ。怪我をしたくなかったら、ついてくるな。

反対側へ、蒲原警部・薄田刑事が走り去る。菊川も後を追う。
遠くに、あやめが現れる。

あやめ　そうねえ。私が初めてあの人に会ったのは、今からちょうど二年前。映画会社の試写室に行ったら、見に来た人が私とあの人と二人しかいなかったの。

別の場所に、鉄平が走ってくる。電車に飛び乗り、釣り革につかまる。隣の男の新聞を覗き込む。電車が次の駅に止まる。飛び降りて、走り去る。

あやめ　理由は簡単。その映画はアメリカ製のアクションもので、監督も出演者も聞いたことのない人ばっかり。予想通りつまんなくて、三十分もしないうちに眠くなっちゃった。「どうしよう、途中で出ちゃおうかなあ」なんて思いながら横を見たら、あの人も私の方を見てた。で、一緒に外へ出て、喫茶店に入ったわけ。もう、映画の悪口で盛り上がっちゃって、楽しかった。その人は新聞記者で、映画の記事の担当だった。「また試写室で会いましょう」って別れて、それから毎週会うようになった。

別の場所に、菊川がやってくる。男を呼び止め、頭を下げる。内ポケットから写真を取り出し、見せる。諦めて、写真をしまう。また頭を下げ、走り去る。

あやめ　その頃、私には好きな人がいて、これが完全な片思い。私の方はずっと前から好きだったけど、向こうには全然その気がないみたいだった。だから、言い出せないまま、グズグズしてた。そんな私の前に現れたあの人は、自分のペースでどんどん迫ってくる。そして、今から一年前、どちらか一人を選ばなくちゃいけないことになったのよ。私が好きな人と、私を好きな人。私は二人の真ん中に立って、空を見上げました。

別の場所に、鉄平がやってくる。左右を見回し、チャイムを鳴らす。

鉄平　あやめ！　俺は何度もドアを叩いた。あやめ、出てきてくれ。俺の話を聞いてくれ。しかし、ドアが開く前に——

鉄平がドアから離れ、背を向ける。そこへ、蒲原警部・薄田刑事がやってくる。チャイムを鳴らす。反対側から、あやめがやってくる。ドアを開ける。

蒲原警部 ご主人は戻ってませんか。

あやめ いいえ。

蒲原警部 念のために、中を見せてもらえますか。

あやめ どうぞ。

蒲原警部・薄田刑事が中に入る。カーテンをめくったり、洋服ダンスを開けたりする。

あやめ あの人は、まだ見つからないんですか？

蒲原警部 怪我をしてるから、そう遠くへは行けないでしょう。

あやめ 怪我？　主人は怪我をしてるんですか？

蒲原警部 （薄田刑事に）おい、こっちを見てくれ。

あやめ 教えてください。ひどい怪我なんですか？

蒲原警部 ちょっと肩をすりむいただけですよ。（薄田刑事に）おい、何か出たか。

薄田刑事 いや、今のところは何も。

そこへ、菊川が走ってくる。チャイムを鳴らす。
あやめがドアを開ける。

菊川　鉄平さんは？
あやめ　まだ。今、刑事さんが来てる。あの人、怪我をしてるって本当？
菊川　心配するなよ。（蒲原警部の腕をつかんで）何をしてるんだ。
蒲原警部　（菊川の手を振り払って）捜査の邪魔をするな。
菊川　鉄平さんは戻ってきてない。それぐらい、見ればわかるだろう。
薄田刑事　しかし、別の場所に匿っている可能性はある。
菊川　そう思うなら、さっさと探しに行け！（薄田刑事を突き飛ばす）
薄田刑事　てめえ、いい加減にしろよ！（菊川をつかむ）
蒲原警部　待て！（薄田刑事を押さえて、菊川に）そう言えば、昨日、手紙を受け取ってたな。見せてみろ。
菊川　何の話だ。
蒲原警部　キサマ、とぼけるつもりか？
菊川　とぼけてなんかいない。知らないから知らないって言ってるんだ。

電話の音。

菊川　あやめ。

あやめが受話器を取る。

あやめ　はい、高梨です。

沈黙。やがて、あやめが小さな叫び声をあげる。蒲原警部が受話器を奪い取る。

蒲原警部　おい、高梨！　どこにいるんだ！

沈黙。

蒲原警部　わかりました。すぐにそちらへ行かせます。

蒲原警部が受話器を置く。

菊川　（あやめに）鉄平さんじゃなかったのか？

あやめ　鉄平さんの家族が、盛岡で……。

あやめが菊川の胸に顔を埋める。ドアの外に、鉄平が立っている。右手で左肩を触り、右手を見る。

小さく笑う。去る。

5

病室。
ほしみがトランクを広げて、荷物を整理している。家族の五人は萩本のベッドに座って、話をしている。萩本は寝ている。松倉はイヤホンでラジオを聞いている。

萩本　助けて！

萩本が飛び起きる。家族の五人は驚いて、萩本のベッドから離れる。

ヨウタ　何だよ、いきなり。
松倉　どうしたの、萩本さん。
萩本　いいえ、何でもないです。
松倉　でも、今、大きな声を出したでしょう。
ほしみ　「助けて」って言いましたよね？
タケコ　いやな夢でも見たんじゃないの？

ツキエ　いやな夢って？

タケコ　たくさんの幽霊に押し潰される夢とか。

萩本　夢を見たんです。でっかいバイクに轢き殺される夢。

ギンペイ　ハーレー・ダビットソンだろう？

ほしみ　（萩本に）ハーレー何とかですか？

萩本　そうだと思う。とにかくすごく重かった。

松倉　オートバイで怪我をしたせいよ。もう乗るのはやめた方がいいわね。

萩本　いや、退院したら、またすぐに新しいのを買いますよ。

ナミコ　懲りない人ね。

ギンペイ　バイク好きっていうのは、みんなこうなんだよ。

萩本　そうだ。どうせ買うならハーレーを買おう。ハーレーなら、人に怪我をさせることはあっても、自分が怪我することはないもんね。

タケコ　何て女だ。ほしみ、こんな女をお父さんなんて呼ぶことないよ。

ほしみ　わかったから、静かにしててよ。

タケコ　何だい、その口のきき方は。

ほしみ　だって、病院ていうのは、怪我を治すために安静にしてる所なんだよ。おばあちゃんたちがいたら、ちっとも安静にできないじゃない。

タケコ　それじゃ、おまえは私に、さっさと成仏しろって言うんだね？

ほしみ　そこまでは言ってないけど。

タケコ　ひどいよ、ひどいよ。いくら私が死んでるからって、邪魔者扱いすることないじゃないか。
ほしみ　もう、すぐにいじけるんだから。
松倉　ほしみちゃん、誰と話をしてるの？
ほしみ　え？　えーと、自分です。私、独り言を言うのが趣味なんです。

そこへ、藤枝がやってくる。果物籠を持っている。

藤枝　失礼します。
萩本　どうぞ。
藤枝　ほしみちゃん、傷の具合はどう？　頭は痛くない？
ほしみ　いいえ、全然。
藤枝　じゃ、気分は？　めまいとか吐き気とか、しない？
ほしみ　それも、全然。心配してくれるのはうれしいけど、私は本当に大丈夫です。
ナミコ　何言ってるの。ちゃんと調べてみなくちゃ、わからないでしょう？
ほしみ　でも、きっと何ともないよ。
タケコ　おまえのおじいちゃんもそう言って、医者に行かずに死んだんだ。
ギンペイ　癌だったよな。
タケコ　気づいた時には末期になってた。（ほしみに）手遅れになってからじゃ遅いんだよ。

ほしみ　わかってる、わかってる。
藤枝　ほしみちゃん、誰と話をしてるの？
ほしみ　藤枝さんとですよ。決まってるじゃないですか。
藤枝　そう。それならいいけど。
松倉　この子、ここに来た時から、ずっとこの調子なのよ。
藤枝　やっぱり、事故のショックですかね？
萩本　藤枝さん、明日の精密検査は、できるだけ精密に検査してください。
松倉　（藤枝に）私からも頼むわね。
藤枝　任せてください。ほしみちゃんのためなら、たとえ一週間かかろうと、一カ月かかろうと精密に。
ツキエ　お姉ちゃん、この人、おいしそうなものを持ってるよ。
ヨウタ　姉ちゃんにくれるんじゃないの？　うわー、うまそうなメロン。
ナミコ　死んでるくせに、意地汚いこと言うんじゃありません。
藤枝　あ、そうだ。これ、ほしみちゃんにプレゼント。（果物籠を差し出す）
ほしみ　私に？
藤枝　今、駅前の果物屋さんで買ってきたの。よかったら、食べて。
ヨウタ　俺、メロンがいい。姉ちゃん、一個もらうよ。（メロンをつかむが、持てない）あれ？
　変だな。持てないぞ。
タケコ　持てるわけないだろう。おまえの体は、ここにはないんだから。

藤枝　(ほしみに) ほら、遠慮しないで。これ全部食べて、早く元気になるのよ。
ほしみ　ありがとうございます。でも、私一人で全部は無理ですよ。
藤枝　ダメよ、たくさん食べなくちゃ。悲しいことがあった時は、とにかく死ぬほど食べるの。人間、おなかがいっぱいになると、その分、頭が空っぽになるんだから。
ツキエ　すごい論理。
ナミコ　いい人じゃない。ほしみのために、自分のお金で買ってきてくれたのよ。
タケコ　それはどうかね。隣の病室からチョロまかしてきたのかもしれないよ。
ほしみ　藤枝さんがそんなことするわけないよ。
藤枝　さあ、食べて。食べることに集中して、悲しいことは忘れよう。
ほしみ　でも、こんなに食べたら、自分の名前まで忘れちゃいますよ。
藤枝　じゃ、お父さんとお母さんにも手伝ってもらおうか。
ギンペイ　いや、俺たちは食いたくても食えないんだ。
ヨウタ　父さんに食えって言ってるんじゃないよ。
萩本　(藤枝に) お父さんて、もしかして私のこと?
藤枝　もちろんですよ。お父さんはどれが食べたいですか?
萩本　やっぱり、メロンかな。(松倉に) 母さんも一緒にどうだ。
松倉　私は姉です。姉でも構わないなら、ご相伴させていただきます。
タケコ　やっぱり怖いね。
ツキエ　(ほしみに) 全部、あの人にあげた方がいいんじゃない?

ほしみ　（松倉に）よかったら、全部さしあげましょうか？
松倉　あら、そう？　じゃ、遠慮なく。
萩本　（ほしみに）父さんもちょっとだけ食べたいな。
松倉　あなた、運動不足で体重が増えてきたって言ってなかった？
萩本　仕方ない。今日はもう寝るか。
藤枝　（ほしみに）お姉さんもちょっとだけ食べたいな。
ほしみ　そうだ。看護婦さんたちに食べてもらおう。夜勤の人はおなかが空くもの。いいでしょう、藤枝さん？
藤枝　でも、ほしみちゃんは？
ほしみ　私はあんまりおなかが空いてないんです。でも、悲しいからじゃないですよ。たぶん、藤枝さんの気持ちがうれしくて、胸がいっぱいなんだ。藤枝さん、よかったら、皆さんで食べてください。（果物籠を差し出す）
藤枝　（果物籠を受け取って）ほしみちゃん……。
ヨウタ　またたよ。また泣いてるよ。
藤枝　（ほしみに）おなかが空いたら、いつでも呼んでね。

藤枝が走り去る。

ヨウタ　一人で全部食うなよ！

萩本　ほしみちゃん、そんなに歩き回って、大丈夫なの？
ほしみ　ええ、全然。
松倉　強がり言っちゃって。家族が亡くなった悲しみを、必死で紛らわせようとしてるくせに。
ほしみ　誤解しないでください。私は別に悲しくなんかないんだから。
松倉　悲しくないの？
ほしみ　悲しくないです。
松倉　どうして？　あなたは家族五人をいっぺんに亡くしたのよ。悲しくないわけないでしょう？
ほしみ　（泣く）
萩本　ほしみちゃん、嘘泣きはやめて。
ほしみ　ごめんなさい。
松倉　信じられない。無理して明るく振る舞ってるのかと思ったら、ホントに悲しくないんだ。
ほしみ　何か、みんなが死んだって実感が、今一つ湧かなくて。
萩本　そうか。状況の変化が急激すぎて、頭がついていかないんだ。
松倉　優勝した力士も、インタビューの時、「実感湧かないス」って言うもんね。
ギンペイ　それはちょっと意味が違うんじゃないか？

6

そこへ、藤枝がやってくる。

藤枝　失礼します。
ヨウタ　あれ、また来たよ。
藤枝　ほしみちゃん、面会よ。

あやめ・菊川がやってくる。菊川は果物籠を持っている。

ほしみ　あやめさん！
あやめ　ごめんね、来るのが遅くなっちゃって。
菊川　ほら。（あやめに果物籠を差し出す）
タケコ　（菊川を示して）誰だい、この男。
あやめ　（果物籠を受け取って、ほしみに）これ、おみやげ。今、駅前の果物屋さんで買ってきたの。

ヨウタ　うわー、さっきのより、一回りでかい。
ツキエ　仕方ないよ。看護婦の給料って、安いんだもん。
ナミコ　そういうことを言うんじゃないの。藤枝さんに失礼でしょう？
タケコ　（菊川を示して）誰だい、この男。
あやめ　（ほしみに）どれかむいてあげようか？　ナイフある？
ほしみ　トランクの中に入ってるかもしれない。（トランクを開ける）
ギンペイ　（ナイフを出して）ナイフなら、ここにあるのに。
ナミコ　残念だけど、そのナイフじゃ切れないわ。
ほしみ　（あやめに）やっぱりないみたい。
あやめ　ナイフも一緒に買ってくればよかったわね。
藤枝　ナースステーションに行けば、あると思いますよ。どうせなら、私がむいてきましょうか？
ナミコ　すいません、何から何まで。
タケコ　（菊川を示して）誰だい、この男。

藤枝が去る。

ほしみ　あ、そうだ。松倉さん、萩本さん、こちら、私の父の弟の奥さんで、あやめさんです。
あやめ　（松倉・萩本に）高梨あやめです。はじめまして。

萩本　ということは、私の弟の奥さんてことになるのかな。
松倉　ということは、義理の妹よ。
萩本　（あやめに）義妹よ。弟は元気かな？
あやめ　（ほしみに）何言ってるの、この人たち。
ヨウタ　いいよ、いいよ。こっちは無視して、話を続けよう。
タケコ　（菊川を示して）誰だいこの男、誰だいこの男、誰だいこの男。
ほしみ　あやめさん、こちらの方がどなたか、とっても知りたがってる人がいるんですけど。
あやめ　そうそう。この人は私の同僚で、菊川君。今日は仕事を休んで、手伝いに来てもらってるの。
菊川　（ほしみに）はじめまして、菊川です。
タケコ　はあ、スッとした。
ほしみ　思い出した。あやめさんの結婚式の司会をやった人だ。
あやめ　そうそう、よく覚えてるわね。
ほしみ　だって、凄い下手クソだったから。科白を忘れたり、段取りを間違えたり。（菊川に）式の最後に、「これは僕からのプレゼントです」って、おかしなポエムを朗読しましたよね？
菊川　その節は、いろいろご迷惑をおかけしました。
あやめ　（ほしみに）菊川君は、私と同期なの。今は、私の番組のディレクターをやってるのよ。
松倉　あれ？　どうも聞いたことのある声だと思ったら、あなた、あやめさん？

ヨウタ　また入ってきたよ。
あやめ　（松倉に）そうですけど、何か。
松倉　いやだ、あなたがあやめさん？　あの声を出してるのが、この顔？
タケコ　すいませんね、こんな顔で。
ツキエ　おばあちゃんが言うことじゃないでしょう？
松倉　（あやめに）いつも聞いてるわよ、あなたの番組。
ヨウタ　ホントかよ。
松倉　（あやめに）寝たきりだと、ラジオを聞くぐらいしか楽しみがないからさ。
萩本　この人、ラジオに出てるんですか？
松倉　ディスクジョッキーをやってるのよ。夜の十一時から。（あやめに）何て番組だっけ？
菊川　「ミッドナイト・ウィンド」です。放送は十二時からです。
松倉　知ってるわよ。いつも聞いてるんだから。
ヨウタ　今、十一時って言ったじゃないか。
松倉　（萩本に）あなた、聞いたことない？
萩本　バイクじゃ、ラジオは聞けないですから。
松倉　なかなか楽しい番組なのよ。（あやめに）これからもがんばるのよ。
あやめ　はい、がんばります。
ほしみ　（トランクを開けて）いけない。私、ラジオも忘れちゃった。
あやめ　私が家から持ってきてあげようか？

ギンペイ　(ラジオを出して) ラジオなら、ここにあるのに。
ナミコ　だから、そのラジオじゃ聞けないんだってば。
ほしみ　やっぱり自分で取りに行く。どうせ、今夜はお通夜だし。
あやめ　まさか、お通夜に出るつもり?
ほしみ　うちの家族で生きてるのは、私だけだから。
あやめ　バカなこと、言うんじゃないの。あなたは入院してるのよ。勝手に外出していいと思ってるの?
ナミコ　あやめさんの言う通りよ。ほしみは自分の体を労ろうとしないんだから。
ほしみ　でも、あやめさん一人に迷惑をかけるわけにはいかないよ。仕事があるのに盛岡まで来てもらって、みんなを家まで運んでもらって、今度はお通夜でしょう?
あやめ　いいのよ。ほしみちゃんはそんなこと心配しないで。
タケコ　みんな、鉄平が悪いんだよ。
ツキエ　一番大事な時に、行方不明になるんだもんね。
ほしみ　本当だったら、全部、おじさんがやらなくちゃいけないことじゃない。
あやめ　だから、おばさんの私がかわりにやってるのよ。
タケコ　すいませんね、不出来な息子で。
あやめ　(ほしみに) でも、葬儀委員長なんて生まれて初めてじゃない?　何をすればいいのか、全然わからなくて。それで、この人に来てもらったの。
菊川　(ほしみに) 親父が去年亡くなったんで、葬式にはわりと詳しいんだ。

あやめ　二人いれば何とかなるから、ほしみちゃんはここで寝てなさい。
ほしみ　でも、本当にどこも痛くないんだよ。
ナミコ　またそうやって口答えする。あやめさん、もっと言ってやってよ。
菊川　（ほしみに）怪我は大したことなくても、別の所が痛いはずだ。
ほしみ　別の所って？
菊川　心の痛みってやつだよ。家族をいっぺんに亡くして、本当は今すぐにでも泣き出したいって気持ちなんだろう？
ほしみ　あ、それも全然平気。
菊川　平気なわけないよ。とにかく、今夜はゆっくり休んだ方がいい。
ナミコ　あやめさん、この人、鉄平君より頼りになるわ。
ほしみ　（あやめに）おじさんから、まだ連絡はないの？
あやめ　ここへ来る途中で、マンションに寄ってきた。手紙も着いてなかったし、留守電も入ってなかった。
ほしみ　それじゃ、二日も続けて帰ってこないの？　そういうことってよくあるの？
あやめ　結婚して一年経つけど、初めて。
タケコ　どこかで野垂れ死にでもしてるんだよ。
ツキエ　今時、野垂れ死になんて死に方する人、いるのかな。
あやめ　（ほしみに）こっちには、何か連絡はなかった？
ほしみ　この病院に着いてから、まだ二時間も経ってないから。

菊川　じゃ、もし連絡があったら、すぐに知らせてくれないかな。
ナミコ　警察に届けた方がいいんじゃない？
ほしみ　そうか。警察に探してもらえばいいんだ。捜索願いを出して。
あやめ　警察はもう知ってるのよ。
ほしみ　おじさんがいなくなったことを？
あやめ　そうじゃなくて、鉄平さんは警察に追われて――
菊川　あやめ、俺たちもそろそろ帰らないと。
ほしみ　今、何て言ったの？　おじさんは警察に追われてるの？
菊川　まさか。鉄平さんが悪いことをするわけないじゃないか。
ヨウタ　でも今、「追われて」って言ったじゃないか。
菊川　（ほしみに）鉄平さんは何もしてない。だから、もし連絡があったら、すぐに知らせてほしいんだ。わかったね？
ヨウタ　ちっともわからないよ。おじさんに何が起きたんだよ。
菊川　（あやめに）葬儀屋さんたち、もう来てるかもしれないな。
あやめ　（ほしみに）それじゃ、また暇を見つけてくるからね。
ほしみ　あやめさん。
あやめ　もしここに鉄平さんが来たら、すぐに私に知らせてね。
菊川　（松倉・萩本に）それじゃ、皆さん、お邪魔しました。
萩本　また来てくださいね。

55　カレッジ・オブ・ザ・ウィンド

松倉　（あやめに）ラジオ、がんばるのよ。
ヨウタ　あやめさん！

あやめ・菊川が去る。

ギンペイ　鉄平のやつ、何か事件に巻き込まれたのかな？
ナミコ　怪我でもしてなければいいけど……。
ギンペイ　それより、お通夜はどうする？
ナミコ　え？
ギンペイ　お通夜だよ。やっぱり、俺たちも出ないとまずいだろう。
ナミコ　そうね。一応、本人だし。
ヨウタ　おじさんのことが、何かわかるかもしれないよ。
ツキエ　おばあちゃん、行こう。
タケコ　私は行かないよ。
ナミコ　どうしてですか？
タケコ　私はほしみのそばを離れない。そう決めたんだ。
ギンペイ　しかし、本人のいないお通夜ってのは、まずいんじゃないかな。
ナミコ　（タケコに）お焼香に来てくださる方に失礼でしょう。
タケコ　私がいるかどうかが、誰にわかるんだい？

ギンペイ　お坊さんにはわかるんじゃないかな。
タケコ　他人なんかどうでもいいよ。私はほしみを一人にしたくない。だから、ここに残るよ。
ほしみ　おばあちゃん、私、一人になっても泣かないよ。心配しないで。
萩本　ほしみちゃん、どうしたの？
ほしみ　別に、何でもないです。
ナミコ　（タケコに）ほしみもこう言ってることだし、みんなで行かせてもらいましょう。
タケコ　行きたいやつだけ、行けばいいだろう。私は行かない。
ギンペイ　母さん、死んでまで強情を張ることはないだろう。
タケコ　死んでまで離れることはないんだよ。うちの家族はいつも離れてたじゃないか。自分のやりたいことだけやって、全員が集まるのはキャンプの時だけ。それだって、ほしみがいなけりゃ、ダメになるところだった。
ギンペイ　だから、こうして家族旅行を続けてるんじゃないか。
タケコ　だったら、途中でやめるんじゃない。
ツキエ　わかった。私も行かない。
ナミコ　何よ、ツキエまで。
ツキエ　だって、おばあちゃんの言う通りなんだもん。
タケコ　私らが家族でいられたのは、ほしみがいたからなんだよ。私らをつなぎとめていたのは、ほしみなんだ。
ツキエ　そんなこと、ずっと前から知ってたよ。でも、誰も助けようとしなかった。

ナミコ　わかったわよ。私もここにいる。ほしみのそばにいるわよ。

ギンペイ　仕方ないな。今夜はここで一泊か。

ほしみ　いいよ。みんな、お通夜に行きなよ。

ナミコ　もういいのよ。もともとそんなに行きたかったわけじゃないし。

松倉　ほしみちゃん、少し横になったら？

ほしみ　（ナミコに）でも、行った方がいいよ。おじさんに何が起きたか、わかるかもしれないし。

タケコ　あいつがうちの家族なら、必ずここに来るさ。

ヨウタ　わかった。俺もここにいる。

ほしみ　いいから行きなよ。行きなよ！

タケコ　どうしたんだい、ほしみ。

萩本　ほしみちゃん、しっかりして。

ほしみ　（タケコに）行きなって言ってるのよ！　早く！

ナミコ　ほしみ。

松倉　ほしみちゃん！

ほしみ　遅いよ。遅すぎるよ。死んでから一つになったって、もう間に合わないよ。

ほしみが家族の五人に背を向ける。萩本がほしみのベッドのブザーを押す。家族の五人が去る。入れ違いに、藤枝が走ってくる。

藤枝　ほしみちゃん、大丈夫？　どこか痛くなったの？

ほしみ　……どうして死ぬ前に言ってくれなかったのよ。そばにいるよって。

7

タケコ・ツキエ・ヨウタがやってくる。

ヨウタ　というわけで、姉ちゃんに追い出された俺たちは、淋しく我が家へ向かったのでした。
ツキエ　お姉ちゃんがあんなに怒るの、初めて見た。
ヨウタ　珍しいよな。いつもだったら、怒る前に泣き出すのに。
ツキエ　おばあちゃんがあんなこと言うからよ。
ヨウタ　「私はほしみのそばを離れない」だっけ？　死んだら、急にいい子になっちゃってさ。
ツキエ　自分が一番好き勝手なことをしてたくせにね。
タケコ　私がいつ好き勝手なことをした？
ツキエ　毎晩、夜遊びしてたでしょう？　若いボーイフレンド、たくさん作って。
タケコ　私は年寄りが嫌いなんだよ。
ヨウタ　年寄りが年寄りを嫌いで、どうするんだよ。
タケコ　話が全然合わないんだよ。俳句とかゲートボールとか、ああいうダサイ遊びは見るのもイヤなんだ。

ツキエ　でも、さすがにクラブに行くのはまずいと思うな。周りの人、みんな迷惑してたんじゃないの？
タケコ　そんなことないよ。中は暗いから、年だって五十は若く見えるんだ。
ヨウタ　見えないよ。踊る姿を見れば、一発でバレるよ。
タケコ　バカだね。そのためにエアロビに通ってるんじゃないか。
ヨウタ　ババアがエアロビなんかするな。二十歳以上の人間がレオタードを着ると、逮捕されるんだぞ。
タケコ　そういうおまえはどうなんだい。部活が忙しいとか言っちゃって、毎日帰りが遅いじゃないか。
ヨウタ　うちのサッカー部は、練習が厳しいの。
タケコ　いくら練習したって、レギュラーにはなれないよ。その身長じゃ。
ヨウタ　バカ。これから伸びるんだよ。
ツキエ　それで、毎日二リットルも牛乳を飲んでるの？
ヨウタ　父さんはあんなにでかいじゃないか。今に見てろよ。
タケコ　ヨウタ、おまえは私の孫なんだよ。
ヨウタ　しまった。
ツキエ　おまけに私の弟なんだよ。
ヨウタ　こんな所で、悲しい現実を突きつけるなよ。
タケコ　どっちにしても、もう死んでるんだから、おまえの身長はそこで打ち止め。

ツキエ　無駄なことはやめて、勉強だけやってればよかったのよ。
ヨウタ　姉ちゃんみたいにか？　俺はイヤだね。毎日、予備校に通うなんて。
ツキエ　私は医学部に行きたかったの。
タケコ　ツキエ、おまえは私の孫なんだよ。
ツキエ　だから、一生懸命勉強してたのよ。遺伝に頼れない分、努力しようって。
ヨウタ　無駄無駄。俺がサッカーをやるより、ずっと無駄。
ツキエ　何よ。あんたなんかより、ずっと望みがあったわよ。
タケコ　まあまあ。やっぱりみんな同じだね。自分のやりたいことをやって、家には寝に帰るだけだったんだ。
ツキエ　お父さんもお母さんもそうよ。
ヨウタ　ほしみ姉ちゃんだけだよな。家の中を、少しでも明るくしようとしてたのは。
ツキエ　我が家へ帰ると、葬儀屋さんがお通夜の準備の真っ最中。
ヨウタ　やがて、お客さんたちが集まってきた。
タケコ　五人いっぺんに死ぬと、さすがにたくさん来るね。
ツキエ　同級生の顔を見ると、ちょっぴり胸が痛んだ。
ヨウタ　サッカー部のやつら、全員で来てくれた。
タケコ　私のボーイフレンドは一人も来なかった。なぜ。
ツキエ　あやめさんは家の中を駆け回って、挨拶をしたり食事を出したり。
ヨウタ　おじさんの話は一言も出ない。

タケコ　時計が十二時を回る頃、五つのお棺の前にはあやめさんが一人。
三人　ちょうどその頃、病院では——

病室。
ほしみ・萩本・松倉がベッドで寝ている。右側の窓が開いて、カーテンが揺れている。窓の向こうに、鉄平がやってくる。窓から中に入る。一つ目のベッドを覗く。松倉の寝顔を見て、驚く鉄平。二つ目のベッドを覗く。と、萩本が起き上がる。

萩本　助けて！

驚く鉄平。萩本はムニャムニャ言って、また横になる。三つ目のベッドを覗く。ほしみの寝顔を見て、ホッと溜め息をつく鉄平。と、ほしみが起き上がる。二人の目が合う。鉄平が右に動く。ほしみの顔も右に動く。鉄平が左に動く。ほしみの顔も左に動く。鉄平が手を振る。ほしみも手を振る。

鉄平　おやすみなさい。
ほしみ　おやすみなさい。（横になるが、すぐに飛び起きて）おじさん！
鉄平　シッ！　静かに！
ほしみ　おじさんだよね？　おじさんだよね？
鉄平　そうだよ。鉄平おじさんだよ。起こしたりして悪かったな。

ほしみ　心配してたんだよ。今まで、どこへ行ってたの？
鉄平　決まってるだろう、取材だよ。日本全国を飛び回ってたんだ。
ほしみ　新聞記者って、大変なんだね。
鉄平　まあ、好きで選んだ道だからな。
ほしみ　だったら仕方ないけど、家に電話ぐらいしなよ。おかげで、あやめさんにすごい迷惑をかけたんだよ。
鉄平　兄貴たちの葬式だろう？
ほしみ　それだけじゃないよ。仕事があるのに盛岡まで来てもらって、お父さんたちを家まで運んでもらって。本当だったら、全部おじさんがやらなくちゃいけないことじゃない。
鉄平　知らなかったんだよ。今朝の新聞を見て、ビックリしたんだ。
ほしみ　今朝の新聞？　それなら、どうして夜になるまで来なかったのよ。
鉄平　締切間際で、どうしても手が放せなかったんだよ。
ほしみ　嘘だ。おじさん、嘘ついてる。
鉄平　バカ。俺が一度だって、ほしみを騙したことがあるか？
ほしみ　ある。
鉄平　あるよなあ。幼稚園の頃から、ほしみの本当のパパは俺だとか、本当のママはバアさんだとか言って、さんざんからかってきたもんな。
ほしみ　おじさん、本当は、警察に追われてるんでしょう？
鉄平　あやめがしゃべったのか？

ほしみ　夕方、お見舞いに来てくれたんだ。でも、あんまり詳しくは教えてくれなかった。
鉄平　どうして？
ほしみ　一緒に来た男の人が止めたから。
鉄平　菊川も来たのか。
ほしみ　おじさん、何したの？　万引き？　食い逃げ？
鉄平　その程度の犯罪で、警察が追いかけると思うか？
ほしみ　まさか、人は殺してないよね？
鉄平　殺してないよ。俺の方が殺されそうになったんだ。
ほしみ　おじさんは被害者だったの？
鉄平　そうだよ。おじさんはいつも被害者なんだ。初めて好きになった女の子にも、「高梨くんて、変」って言われたし。
ほしみ　でも、被害者がどうして警察に追われるの？
鉄平　きっと警察はおじさんのことが好きなんだ。ほしみだって、男の子を好きになったら、追いかけたくなるだろう？
ほしみ　おじさん、バカなこと言って、ごまかすのはやめて。
鉄平　やられそうになったから、やり返したんだよ。正当防衛ってやつさ。
ほしみ　だったら、逃げることないじゃない。
鉄平　俺は逃げてない。
ほしみ　だったら、すぐに家へ行ってよ。あやめさん、待ってるから。

鉄平　行きたくても行けないんだよ。

ほしみ　そうか。今、行ったら、警察が張り込んでる可能性があるもんね。でも、逃げてないなら、別に構わないでしょう?

鉄平　俺は警察がドクターペッパーの次に嫌いなんだ。

ほしみ　おじさんの言うこと、よくわからない。

鉄平　おじさんにもよくわからない。しかし、ほしみが元気そうで安心したよ。兄貴たちが死んで、落ち込んでるんじゃないかと思ってたんだ。

ほしみ　私も安心した。おじさんに何かあったら、どうしようって……。

鉄平　ほしみ……。

ほしみ　おじさんが生きててよかった。生きててよかったよ。

鉄平　そうか?

ほしみ　だって、私には、もうおじさんしか残ってないんだもん。

鉄平　俺みたいな男でも、いないよりはマシか。

ほしみ　おじさん、ここにいてよ。おじさんが来たらすぐに知らせてくれって、あやめさんに言われてるんだ。

鉄平　あやめをここに呼ぶのか?

ほしみ　明日ね。それまで、このベッドの下に隠れてて。

鉄平　こんな狭い所にか?

ほしみ　贅沢言わないでよ、おたずね者のくせに。

鉄平　おたずね者の俺を、匿ったりしていいのか？
ほしみ　私たち、たった二人の家族でしょう？
鉄平　そうか、家族か。
ほしみ　あやめさんを入れれば、三人だけどね。あ、誰か来た。

ほしみが鉄平をベッドの下に押し込む。窓の向こうに、ギンペイがやってくる。

ギンペイ　よし、俺が手を貸してやるから、順番に入れ。

窓の向こうに、ヨウタ・ナミコ・ツキエ・タケコがやってくる。窓から中に入る。

ヨウタ　母さん、大丈夫？
ナミコ　どうして私がこんな所から。
ギンペイ　俺たちにはドアが開けられないんだよ。
ナミコ　だからって、窓から入るなんて。
ツキエ　いやなら、外で野宿でもすれば？
タケコ　大きな声を出すんじゃないよ。ほしみが起きるだろう？
ほしみ　お帰り。
ヨウタ　何だ。姉ちゃん、起きてたのか。

タケコ　ほしみ、私ら、やっぱりおまえのそばにいたいんだよ。
ツキエ　（ほしみに）もううるさくしないから、ここにいていいでしょう？
ほしみ　いいよ。
タケコ　何だい、さっきとは別人みたいに機嫌がいいじゃないか。
ほしみ　どうしてだと思う？
ギンペイ　一人ぼっちになって、淋しくなったんじゃないか？
ナミコ　（ほしみに）やっぱり泣いてたんでしょう。目が赤くなってるわよ。
ほしみ　そうじゃないのよ。おじさん、出てきて。

ベッドの下から、鉄平が出てくる。

ヨウタ　おじさん！
ギンペイ　（鉄平に）おまえ、今までどこへ行ってたんだ？
タケコ　（鉄平に）私らがどれだけ心配したと思ってるんだい、この親不孝者！
鉄平　うるせえ、ババア。
タケコ　ババアとは何だい、親不孝者！
ツキエ　おじさん、私たちが見えるの？
ナミコ　鉄平君も家族だもの。見えて当たり前よ。
ヨウタ　おじさん、会いたかったんだよ。

鉄平　うるせえ、うるせえ。おまえら、みんなで俺を騙したんだな？　ホントは死んでなかったんだな？
タケコ　おまえって子は、親が生きてるか死んでるかもわからないのかい。
鉄平　それじゃ、やっぱり死んでるの？
ギンペイ　死んでるよ。
鉄平　だったら、どうしてこんな所にいるの？
ギンペイ　それは、俺たちが「ゆ」のつくものだからだよ。
鉄平　「ゆ」のつくもの？　何だろうな。湯豆腐？　雪だるま？　ユーゴスラビア？
ギンペイ　惜しい。「ゆう」まで合ってる。
鉄平　郵便配達？　有価証券？　ユーアーマイサンシャイン？
タケコ　しらじらしい男だね。幽霊だよ。私らはみんな幽霊なんだ。

8

ほしみと家族の五人がベッドに座る。

鉄平　そもそもの始まりは、あやめの番組に送られてきた、一本のカセットテープだった。

そこへ、あやめ・菊川がやってくる。

あやめ　鉄平さん、これが問題のテープ。（カセットテープを差し出す）
鉄平　（受け取って）差し出し人の名前はなかったのか？
菊川　消印は「新宿」になってました。
鉄平　それだけじゃ、調べようがないな。で、中身の方は。
菊川　聞いてみますか？

菊川が鉄平の手からカセットテープを取り、レコーダーに入れてかける。

鉄平　何だ、これ。雑音しか入ってないじゃないか。
あやめ　だから、最初はただのいたずらかなって思ったのよ。でも、菊川君が「どうも気になる」って。
菊川　（鉄平に）ところどころで、話し声が聞こえるでしょう。それがみんな、同じ声みたいなんだな。
鉄平　そうか、盗聴か。
菊川　まあ、半分は興味本位だったんですけど、局の機械を勝手に借りて、雑音を取り除いたのが――

菊川が別のカセットテープをかける。

鉄平　……脅迫だな？
菊川　女の方は人妻ですね。浮気の証拠を握られて、金をゆすられてるんです。ほら今、「五百万」って言ったでしょう。
あやめ　（鉄平に）ねえ、どうしたらいいと思う？
鉄平　やっぱり、警察に持っていくしかないだろうな。
あやめ　そんなこと、できるわけないでしょう？
鉄平　どうして。
あやめ　このテープを送ってきた人の気持ちを考えてよ。その人はきっと、この会話を偶然、録

鉄平　音しちゃったのよ。もちろん、最初は警察に送ろうとしたと思う。でも、そんなことをしたら、脅迫されてる女の人はどうなるの？

あやめ　夫にバレて、下手したら離婚だろうな。

鉄平　そんなの、かわいそうじゃない。

あやめ　もともと、女が浮気をしたのが悪いんだ。自業自得じゃないか。

鉄平　それはそうだけど、今はきっと反省してると思う。

あやめ　どうしてそんなことがわかるんだよ。

鉄平　テープを聞いてなかったの？　彼女、泣きそうだったじゃない。

あやめ　それじゃおまえは、女が浮気したのは仕方ないって言うのか？　俺が浮気しても、反省したら許してくれるか？

鉄平　絶対許さない。

菊川　おまえの言ってること、すごく矛盾してるぞ。

鉄平　まあまあ、夫婦喧嘩はそれぐらいにして、このテープをどうするか、考えないと。

菊川　さっきから言ってるだろう。警察に持っていくしかないんだよ。

あやめ　俺は、あやめの言うことにも一理あると思うんですけど。

菊川　そうよね？

あやめ　（鉄平に）このテープを送ってきた人も、女を助けたいんですよ。それで、あやめなら何とかしてくれるじゃないかって。

あやめ　（鉄平に）きっと、私の番組のファンなのよ。

鉄平　かと言って、おまえに何ができるって言うんだ?
菊川　このテープを番組で放送するんです。その後で、あやめに訴えさせるんですよ。脅迫をやめてくれって。
あやめ　(鉄平に)そうすれば、旦那さんにバレずにすむじゃない。
鉄平　バカか、おまえら。旦那が放送を聞いたらどうするんだよ。
菊川　もちろん、女の声は変えますよ。
鉄平　男が聞かなかったらどうする。(あやめに)おまえの番組は、若い子向けなんだろう?
あやめ　そんなことないよ。四十代のおばさんからハガキが来ることもあるよ。
菊川　(鉄平に)はっきり言って、男が聞く可能性は、一パーセントにも満たないでしょう。でも、それはそれで構わないんです。
鉄平　番組の企画に使おうってわけか。大しておもしろいとも思えないがな。
菊川　あやめのパーソナリティーが出れば、それでいいんですよ。あやめの人気はこんなもんじゃない。局アナなんかで終わるべき人間じゃないんだ。
鉄平　俺は反対だ。男がヤクザだったら、あやめは無事ではいられない。
菊川　その責任は俺が持ちます。
鉄平　女房の安全は夫が守るって、昔から決まってるんだよ。(携帯電話を取り出す)
あやめ　警察にかけるの?
鉄平　社会部にいた時に、世話になった刑事がいるんだ。とりあえず、相談だけしてみよう。(電話をかける)

あやめ　何よ。社会部にもいたことがあるの？

鉄平　ヘマをして、文化部に回されたんだよ。おまえは映画でも見てろってな。

別の場所に、薄田刑事がやってくる。受話器を持っている。

薄田刑事　はい、こちら、捜査一課。

鉄平　あ、蒲原さんですか？

薄田刑事　いや、違いますが。

鉄平　あ、すいません。私、産休新聞の高梨と申しますが、蒲原警部に急用がありまして。

薄田刑事　ちょっとお待ちください。（奥に向かって）蒲原さん、電話です。

薄田刑事のそばに、蒲原警部がやってくる。薄田刑事から受話器を受け取る。

蒲原警部　はい、もしもし。

鉄平　あ、蒲原さんですか？　どうも、高梨です。

蒲原警部　どうしたんだ、いきなり。

鉄平　いや、ちょっと相談したいことがありましてね。そんなに時間は取らせませんから、明日にでも会ってくれませんか？

蒲原警部　構わないけど、時間と場所は。

75　カレッジ・オブ・ザ・ウィンド

鉄平　それじゃ、六時に新宿中央公園の噴水の前で。
蒲原警部　よし、わかった。
鉄平　あ、すいません。全然関係ないんですけど、蒲原さんの前に出た方は。
蒲原警部　薄田か？
鉄平　薄田さん？　新しい人ですか？
蒲原警部　四月から俺と組んでるんだ。それがどうかしたか？
鉄平　いや、何でもありません。それじゃ、明日の六時に。

鉄平が電話を切る。

鉄平　わかったぞ。そいつを録音したヤツが、警察に送らなかったわけが。
菊川　蒲原って人が、何か教えてくれたんですか？
鉄平　いや、最初に出た薄田の方だ。そいつの声は、このテープの男の声とそっくりだった。

あやめ・菊川が去る。反対側から、蒲原警部・薄田刑事がやってくる。

蒲原警部　何だ、相談したいことっていうのは。
鉄平　そちらの方は？
蒲原警部　電話で話したろう。今、俺と組んでる薄田だ。

鉄平　まいったな。俺は、蒲原さんと二人だけで話したかったのに。

薄田刑事　（蒲原警部に）俺、外してましょうか？

蒲原警部　いいっていいって。（鉄平に）この仕事をやってる人間は、ヤクザの次に口が固いんだ。心配するな。

鉄平　実は、このテープなんですけど。

蒲原警部　何が入ってるんだ。

鉄平　まあ、聞いてみてください。

鉄平が蒲原警部にレコーダーを渡す。

蒲原警部　変なヤツだな。いきなり呼び出したり、こんなものを聞けって言ったり。

鉄平　知り合いの所に、いきなり送られてきましてね。

蒲原警部　（レコーダーを耳にあてて）雑音がひどくて、何も聞き取れないぞ。

鉄平　もう少し我慢してください。男の声が聞こえてきますから。

蒲原警部　盗聴テープか？　おまえ、タレコミでもしようって言うのか？　ん？

鉄平　誰の声か、わかりますか？

蒲原警部　……まさか。

鉄平　声の似てる人間はたくさんいるけど、蒲原さんなら聞き分けられるでしょう。

蒲原警部　このテープ、預からせてくれるか？

鉄平　別に構いませんけど、一応、コピーはしておきましたよ。
蒲原警部　そっちも預からせてほしいな。
鉄平　俺が持ってちゃ、まずいんですか？
蒲原警部　記事にされたら困るからな。
鉄平　俺、今、文化部ですから。蒲原さんがちゃんとやってくれたら、燃えないゴミの日に出しますよ。
蒲原警部　俺が信用できないのか？
鉄平　蒲原さんは部下の面倒見がいいから。
薄田刑事　俺に何か関係があるんですか？
蒲原警部　おまえは黙ってろ。（鉄平に）せっかく持ってきてくれたんだ。シロクロは必ずつける。しかし、人質を取られてるって思うと、気分が悪くてな。
鉄平　蒲原さんには人質でも、俺には保険になりますからね。
蒲原警部　保険て？
鉄平　その声の主に命を狙われたくないですから。そいつは武器も持ってるみたいだし。
薄田刑事　武器っていうのは、これのことか。（拳銃を出す）
蒲原警部　薄田！
薄田刑事　こいつ、さっきから、何を言ってるんですか。
蒲原警部　いいから、そんなもの、しまえ。こいつは記者なんだぞ。
薄田刑事　そのテープに、何が入ってたんですか。

鉄平　蒲原さん、早く何とかしてくださいよ。
薄田刑事　うるせえ！（鉄平を殴って）てめえ、何様のつもりだ？
蒲原警部　バカやろう！（薄田刑事から拳銃を奪い取る）
鉄平　勘弁してくださいよ。俺、文化部ですよ。
蒲原警部　（拳銃を鉄平に向ける）
鉄平　そんなもの、早くしまってくださいよ。
蒲原警部　高梨、コピーがほしいんだ。
鉄平　それは、そいつが逮捕されたら、燃えないゴミの日に――
蒲原警部　今、ほしいんだ。どこにある。
鉄平　まさか……。
蒲原警部　刑事ってのは、給料が安いんだ。アルバイトでもしないと、ローンも払えない。
鉄平　おじさん、ピンチ！

ヨウタがベッドから立ち上がる。

ヨウタ　それで、おじさん、どうしたの？
鉄平　拳銃は俺の心臓をピタリと狙っていた。しかし、俺が拳銃なんか怖がると思うか？
ギンペイ　おまえは銀玉鉄砲が好きだったもんなあ。
ナミコ　でも、あれは本物よ。

鉄平　ナミコさん、心配しないで。俺は弾丸よりも速く走れるんだ。

ツキエ　嘘ばっかり。

鉄平　蒲原が瞬きしている間に、腕をつかむと、後ろにグイと捻り上げた。（蒲原の腕を捻り上げ、拳銃を奪う）

蒲原警部　貴様！

鉄平　拳銃さえ奪ったら、こっちのもんだ。（拳銃を蒲原警部に向ける）

蒲原警部　高梨、落ち着いて話をしようじゃないか。

鉄平　いや、話はもう十分です。時間を取らせて、すいませんでした。

蒲原警部　そいつは返してくれないのか。

鉄平　コピーと一緒に、おたくの課長さんに送りますよ。

薄田刑事　そんなことをして、ただで済むと思ってるのか？

鉄平　それじゃ、今日はこんなところで。お疲れさまでした。

蒲原警部　高梨。

鉄平　これ以上、あんたの顔を見ていたくないんだ。さっさと行けよ。

蒲原警部・薄田刑事が去る。

ヨウタ　カッコいい！

タケコ　（鉄平に）ホントかねえ。自分の都合のいいように、脚色してないか？

鉄平　してない、してない。まあ、そういう事情で、拳銃を手に入れたわけだ。
ヨウタ　本物なんだ。ちょっと触らせてよ。
ツキエ　バカねえ。モデルガンに決まってるじゃない。刑事は普段、拳銃を持ち歩いたりしないの。
鉄平　何だと。（ツキエに拳銃を向ける）
ツキエ　撃てば。撃ったって、もう死んでるから痛くないもん。
ほしみ　（鉄平に）そうか。だから、警察には行けないんだ。
ギンペイ　（鉄平に）しかし、いつまでもここに隠れているわけにはいかないだろう。
ナミコ　（鉄平に）刑事の中にだって、いい人はいるでしょう。とにかく警察へ行って、本当のことを話すしかないんじゃない？
鉄平　もちろん、いずれはそうするつもりだよ。
ナミコ　いずれはなんて言ってないで、今すぐ行くのよ。さあ！（鉄平の腕をつかむ）
ギンペイ　おい、ナミコ。
タケコ　（ナミコに）どうしたんだい、そんなにムキになって。
ナミコ　私はただ、鉄平君が心配で……。
鉄平　ナミコさんの気持ちはありがたいけど、警察に行くのは少し様子を見てからってことにしたんだ。それに、ほしみの顔も見たかったし。
ほしみ　おじさん……。
鉄平　明日、あやめに会ったら、俺はここを出るよ。

ヨウタ　そう言えば、そろそろあやめさんの番組が始まる時間だよね？
ギンペイ　でも、ラジオがないだろう。
ほしみ　松倉さんのを借りよう。寝てる間に悪いけど。

ほしみが松倉のベッドの棚からラジオを取り、スイッチを入れる。

ツキエ　何だ。もう始まってるじゃない。
ほしみ　あやめさん、偉いね。お通夜が終わったばかりなのに、こんなに明るい声で。
ヨウタ　バカだな。これは録音だよ。
タケコ　鉄平、あやめさんに会ったら、ちゃんと謝るんだよ。
鉄平　ババアに言われなくても、わかってるよ。

遠くに、あやめが現れる。

あやめ　空を見上げた私の鼻先を、フッと通りすぎたもの。それは風でした。好きな時に、好きな所へ行ける、気ままな旅人。ただし、一つだけ辛いのは、一瞬たりとも立ち止まれないこと。もし立ち止まってしまったら、その風は消えてしまう。風には日曜も祝日もないの。ゴールデンウィークも夏休みもないのよ。それでも、一言も文句を言わないんだから、なかなか立派だと思わない？　私はその時、思ったの。私はやっぱり、風にはなれない。好きな人が気づいてくれるまで、その顔に吹き続けるなんて、私には無理。だったら、私に吹き続けてくれる風に、私の帆を広げようって。私が好きな人と、私を好きな人。私は私を好きな人に向かって、「ありがとう」って言いました。

あやめが消える。

9

病室。
ほしみがトランクを開けて、荷物を整理している。松倉は本を読んでいる。萩本はダンベルで体を鍛えている。家族の五人は萩本に息を吹きかけている。

萩本　寒い。
松倉　風邪でも引いたんじゃないの？　窓を開けっ放しにして、寝るからよ。
萩本　開けっ放しにしたのは、松倉さんでしょう？
松倉　あら、人のせいにしないでよ。寝る前に体操をして、暑い暑いって開けたじゃない。
萩本　寒い。
松倉　ほら、やっぱり風邪だ。
萩本　おかしいなあ。いくらやっても、体が熱くならない。
ほしみ　無理しないで、寝てた方がいいんじゃないですか？
萩本　退院する前に、体力を元通りにしておかないとね。カメラマンは肉体労働だから。
松倉　引き始めは、寝るのが一番なのよ。

萩本　私は寝たくないんです。寝ると怖い夢を見るから。

ほしみのベッドの下から、鉄平が顔を出す。

鉄平　おい、今、何時だ？
ヨウタ　おじさん、ダメだよ、出てきちゃ。
鉄平　何だ、まだ夜にならないのか？
ツキエ　さっき、お昼ごはんが済んだところ。他の二人が寝たら教えるから、それまで我慢してなよ。
鉄平　俺は狭くて暗い所が苦手なんだよ。
タケコ　押し入れに放り込むたびに、ビービー泣いてたもんね。
鉄平　あの時の恨みは一生忘れないからな。
タケコ　残念だけど、もう時効だよ。
ヨウタ　あ、誰か来た。（鉄平に）早く隠れて。

鉄平が慌ててベッドの下に隠れる。そこへ、藤枝がやってくる。紙袋を持っている。

藤枝　失礼します。
萩本　どうぞ。寒い。

藤枝　あら、萩本さん、風邪ですか？

ほしみ　違います。きっと、すきま風が吹いてるんですよ。この建物、古いから。

松倉　ほしみちゃんも寒いの？　私は何ともないけど。（家族の五人に息を吹きかけられて）寒い。

藤枝　変ですね、八月なのに。

ギンペイ　（藤枝の紙袋を見て）お、今日も何か持ってるぞ。

ナミコ　また果物を買ってきてくれたのかしら。

ほしみ　（藤枝に）また果物ですか？

藤枝　そうしようかと思ったんだけど、二日も続けて同じものじゃ芸がないでしょう？　だから、今日は本にした。

ヨウタ　へー、何の本？

藤枝　（ほしみに）『あしたのジョー』全二十巻。（紙袋から本を取り出し、ほしみに渡す）

ギンペイ　すばらしい。君はなんてすばらしい女性なんだ。マンガなんて星の数ほどあるのに、よりによってジョーを選ぶとは。

ヨウタ　父さん、ジョーが好きなんだ。

ギンペイ　俺の青春はな、ジョーとの出会いで始まって、力石の死で終わったんだ。

ほしみ　このマンガ、人が死ぬ話なの？

松倉　藤枝さん、そういうマンガはよくないんじゃない？

藤枝　確かに人は一人死ぬけど、そんなに暗い話じゃないですよ。

ほしみ　（本を開いて）でも、血がダラダラ出てる。
松倉　藤枝さん、血はやめてよ。
藤枝　ボクシングだもの、血ぐらい出ますよ。
ナミコ　どうせ持ってくるなら、もっと明るいマンガにしてほしかったわね。
藤枝　（松倉に）私はほしみちゃんに、この本を読んで元気になってもらいたいんです。（ほしみに）ジョーはね、たった一人で戦い続けるの。燃え尽きて、真っ白な灰になるまで。
ツキエ　灰になるまで？
タケコ　私たちも、もうすぐ灰になるんだよね。
ほしみ　そうか。おばあちゃんたちも灰になるのか。
松倉　藤枝さん、そのマンガ、私に貸してくれない？
藤枝　それじゃ、ほしみちゃんが読み終わったら――
松倉　今すぐ読みたいの。ほしみちゃんには、かわりに私が持ってる『キャンディ・キャンディ』を貸してあげる。私はね、キャンディを読んで、看護婦になる決心をしたの。
萩本　本当ですか？
松倉　ええ。昭和三十年代生まれの看護婦はみんなそうよ。（ほしみに）あなたも読めば、きっと元気になれるわ。
藤枝　ジョーだって、元気になれますよ。
松倉　それは私が読んで判断します。ほら、貸して。
藤枝　わかりましたよ。持って帰ればいいんでしょう、持って帰れば。

松倉　あら、何よ、その口のきき方は。それが主任に対する態度？
藤枝　申し訳ありませんでした。やっぱり果物にするべきでした。
ナミコ　あなたの気持ちだけで充分よ。ほしみもちゃんとお礼を言いなさい。
ほしみ　ありがとうございます、藤枝さん。
藤枝　マンガだったら、暇潰しになると思ったのよ。ジョーなら一日二冊ずつ読んでも、十日はもつじゃない。
ほしみ　藤枝さん、私は明日、退院できるんじゃないんですか？
藤枝　それは無理よ。精密検査の結果が出てないんだから。
ツキエ　でも、今日中には出るんでしょう？
藤枝　（ほしみに）それで、もし異常ナシってことになっても、退院はもう少し先になるんじゃないかな。
ほしみ　どうしてですか？
タケコ　（藤枝に）どこも悪くない人間が、どうして退院しちゃいけないんだい？
藤枝　（ほしみに）だって、さっき先生に言ってたでしょう？　ほしみちゃんには見えるって。
ほしみ　お父さんたちが？　もちろん、見えますよ。
松倉　今も見えるの？
ほしみ　みんな、この部屋の中にいますよ。
萩本　私のそばにもいる？
ほしみ　萩本さんの横には、お父さんがいます。

萩本　（体をずらす）
ギンペイ　なぜ避ける。
ほしみ　松倉さんの横には、ヨウタ。
松倉　シッシッ！
ヨウタ　俺は犬じゃない！
ほしみ　ツキエは藤枝さんの横。お母さんとおばあちゃんは私の横。おじさんはベッドの下。
藤枝　おじさん？
ほしみ　嘘、嘘。おじさんはいません。
藤枝　そういう薄気味悪いことを言ってるうちは、退院なんて無理よ。
ほしみ　でも、本当にいるんですよ。
藤枝　ほしみちゃん、しっかりして。あなたの家族は、みんな亡くなったのよ。
ほしみ　知ってますよ。
藤枝　あなたの家族は今、あなたの家にいるの。あなたの家の、お棺の中に。
ほしみ　それは体の話でしょう？　私が言ってるのは、幽霊のこと。みんなは死ぬとすぐに幽霊になって、ずっと私のそばにいるんです。
藤枝　それはあなたが、そばにいてほしいって思ってるからよ。あなたに見える幽霊は、みんなあなたの妄想なのよ。
ほしみ　妄想？
タケコ　失礼な女だね。せめて空想とか想像とか言えないのかね。

ツキエ　意味はみんな同じだよ。お姉ちゃんは事故のショックで、頭が混乱してると思ってるんだよ。

藤枝　（ほしみに）妄想が消えるまでは、ここでゆっくり休んだ方がいいわ。先生もそう仰ってた。

ギンペイ　ということは、俺たちがそばにいる限り、ほしみは退院できないのか？

ナミコ　私たちに、ここからいなくなれって言いたいの？

ほしみ　みんなここにいていいよ。私はここにいてほしい。

藤枝　また妄想に向かって話してるの？

ほしみ　妄想なんかじゃありません。お父さんも、お母さんも、おばあちゃんも、ツキエも、ヨウタも、みんなここにいます。私のそばにいるんです。

藤枝　ほしみちゃん！（ほしみの手を握る）

ヨウタ　うわー、またかよ。

藤枝　忘れないでね。私もあなたのそばにいることを。

藤枝が走り去る。鉄平が顔を出す。

鉄平　おーい、ジョーを忘れてったぞ。

ヨウタ　おじさん、顔を出すなって。

鉄平　暇なんだよ。仲間に入れてくれよ。

ほしみ　ジョーを貸してあげるから、黙って読んでて。

ほしみが本をベッドの下に押し込む。

萩本　ほしみちゃん、何してるの？

ほしみ　本が邪魔だから、しまったんです。

松倉　まさか、ベッドの下にも幽霊がいるの？

タケコ　（ほしみに）いるって言いな。

ほしみ　（松倉に）実は、おばあちゃんの幽霊が。

萩本　こら！　私のベッドの下には入るなよ！

そこへ、藤枝がやってくる。

藤枝　失礼します。

ヨウタ　また来たよ。今度は何の用だ？

藤枝　（ほしみに）ごめんね。ジョーを持っていくの、忘れてた。あれ？　どこに置いたっけ？

松倉　ほしみちゃんのベッドの下よ。

ほしみ　（藤枝に）私がしまったんです。すぐに出しますから。

藤枝　何言ってるの。私が出すわよ。

鉄平が萩本のベッドの下へ移る。藤枝がほしみのベッドの下から本を取り出し、紙袋に入れる。

ほしみ　藤枝さん、このフロアに、公衆電話はありますか？
藤枝　あら、誰に電話するの？　もしかして、ボーイフレンド？
ほしみ　違います。昨日、面会に来てくれた、あやめさんです。大事な用事があるから、手が空いたら、すぐに来てほしいって。
藤枝　わかった。私がかわりに電話してあげる。
ほしみ　いいですよ。自分でしますよ。
藤枝　いいから、私に任せて。で、あやめさんの家の番号は？
ほしみ　今は、私の家にいると思います。もうすぐ、お葬式が始まるんで。
藤枝　ほしみちゃんの家なら、カルテを見ればわかるわ。すぐに電話しておくから、安心して待ってて。それじゃ、お邪魔しました。

藤枝が去る。鉄平がほしみのベッドの下へ戻る。

ギンペイ　葬式か。昨日より、もっと人が来るだろうな。
ナミコ　私たちはどうする？
ギンペイ　（タケコに）どうせまた、母さんは行かないって言うんだろう？

タケコ　私は行くよ。

ツキエ　どうしたの？　昨日はあんなにイヤがったのに。

ナミコ　（タケコに）「ほしみを一人にしたくない」って言ったじゃないですか。

タケコ　今は一人じゃない。鉄平がいるじゃないか。

ギンペイ　俺はかえって心配だな。

タケコ　大丈夫、大丈夫。あんな頼りない男だけど、私らにないものを持ってるんだ。

ギンペイ　ないものって？

ナミコ　命よ。私たちには命がないから、ほしみに何もしてあげられない。でも、鉄平君にはほしみの肩が叩けるし、「がんばれ」って背中を押すこともできる。

ツキエ　おたずね者でも、少しは役に立つのね。

ヨウタ　それじゃ、姉ちゃん、行ってくるよ。

ほしみ　行ってらっしゃい。

家族の五人が去る。

10

萩本　家族の誰かが出かけたの？
ほしみ　みんなでお葬式に行きました。
松倉　それじゃ、この部屋には、もう一人もいないのね？
ほしみ　いいえ、ベッドの下に一人だけ。
萩本　おばあちゃんの幽霊？
ほしみ　何か、この場所が気に入ったみたいで。

鉄平がベッドの下から顔を出す。

鉄平　誰が気に入ったなんて言った。
ほしみ　お願いだから、出てこないでよ。
萩本　何よ、また出てきたの？
ほしみ　すいません。聞き分けのない年寄りで。
鉄平　早くあいつらを寝かせてくれよ。

ほしみ　みんなお葬式に行って、静かになったから、そのうちお昼寝すると思う。だから、もう少し我慢して。あ、また誰か来た。

鉄平が慌ててベッドの下に隠れる。そこへ、蒲原警部・薄田刑事がやってくる。

薄田刑事　失礼します。
萩本　どうぞ。
蒲原警部　高梨ほしみさんは？
萩本　ほしみちゃん、またお見舞いだって。
蒲原警部　あなたがほしみさんですか？
ほしみ　そうですけど。
蒲原警部　ちょっと聞きたいことがありましてね。高梨鉄平さんのことなんですが。
ほしみ　あの、どちらさまですか？
蒲原警部　（警察手帳を出して）警察の者です。鉄平さんの行方を探してまして。
松倉　え？　あなたたち、刑事さん？
蒲原警部　ええ、まあ。
松倉　いやだ、ホントに刑事さん？　いつも見てるわよ、テレビ。
蒲原警部　私は、テレビに出たことはありませんよ。
松倉　あなたじゃなくて、他の刑事さんよ。大変なのよね、刑事の仕事って。

蒲原警部　（ほしみに）こちらの方は？

松倉　私は看護婦よ。働きすぎで、腰に来ちゃったの。あなたは、腰は大丈夫？

蒲原警部　一昨年、一度、ギックリ腰を。

松倉　わかるわ。刑事と看護婦って、よく似てるもんね。一日中歩き回らなくちゃいけないし、夜勤も多いし。

萩本　人の死に立ち会うっていうのも、一緒ですね。

松倉　そうなのよ。忙しい上に、辛い仕事でもあるわけ。

蒲原警部　しかし、誰かにグチをこぼすわけにもいかない。

萩本　酒を飲みながら、「ヤクザのバカ、どうして覚醒剤を売るんだよ」なんて言えないもんね。

蒲原警部　時々、遠くへ逃げ出したいって思うこともありますよ。

松倉　ダメよ、逃げちゃ。あなたが逃げたら、日本の平和はどうなるの？　私だって辛いけど、日本の医療のためにがんばってるのよ。

蒲原警部　そうですよね。お互いにがんばりましょう。

薄田刑事　蒲原さん、こっちの話は？

蒲原警部　そうだった。（ほしみに）えーと、どこまで話しましたっけ？

ほしみ　あなた、蒲原さんていうんですか？

蒲原警部　ええ、それが何か？

ほしみ　（薄田刑事を示して）そちらの方は？

薄田刑事　薄田です。僕らのことはともかく、鉄平さんについて聞きたいんですが。

ほしみ　帰ってください。
蒲原警部　どうしたんですか、いきなり。
ほしみ　私は何も知りません。だから、帰ってください。
松倉　ほしみちゃん。せっかく来てくださったのに、話も聞かずに帰れっていうのは失礼じゃない？
ほしみ　話を聞いても同じです。
蒲原警部　あなたは鉄平さんが何をしたか、もう知ってるんですね？
ほしみ　あなたたちが何をしたかも知ってます。
蒲原警部　我々は、彼を追いかけているだけですよ。
ほしみ　隠しても無駄です。おじさんの口を封じるために、拳銃で撃ち殺そうとしたでしょう？
蒲原警部　警察が犯人の口を封じて、何になるんですか。
ほしみ　自分たちのしたことを隠すためよ。
萩本　この人たち、何かしたの？
ほしみ　脅迫したんです。浮気をしていた人妻に、五百万よこせって。
萩本　刑事が？
ほしみ　「刑事ってのは給料が安いんだ」とか何とか言っちゃって。
松倉　（蒲原警部に）刑事さん、見損なったわ！
蒲原警部　ちょっと待ってくださいよ。（ほしみに）そんなデタラメ、誰から聞いたんですか。
松倉　（ほしみに）答えることないわよ、こんな男に。

薄田刑事　（蒲原警部に）高梨の女房じゃないですか？
蒲原警部　（ほしみに）そうか。あやめさんがここへ来たんですね？
萩本　やっとわかった。鉄平さんていうのは、あやめさんの旦那さんなんだ。
松倉　（蒲原警部に）あなたたち、あやめさんの旦那さんを撃ち殺そうとしたの？　出てって！
　今すぐここから出てってちょうだい！
薄田刑事　関係ないヤツは黙ってろ！
松倉　怒鳴ったって怖くないわよ。
蒲原警部　まあまあ、皆さん、落ち着いてください。ほしみさん。あなたの聞いた話は、事実と全く違う。たぶん、あなたを驚かさないようにって、あやめさんが作り話をしたんでしょう。
松倉　騙されちゃダメよ、ほしみちゃん。これは刑事がよく使う手なんだから。
萩本　（ほしみに）最初に若い方が怒鳴っておいて、それを年寄りが押し止めて、急に優しい顔をする。テレビでよく見るヤツよ。
蒲原警部　あなたたち、横から口を出すのはやめてくれませんか？
萩本　言論の自由を抑圧するのか？
蒲原警部　騒音公害を取り締まってるだけだ。
萩本　私たちは暴走族じゃないぞ！
蒲原警部　うるさいって言ってるのが、わからんのか！
松倉　怒鳴ったって怖くないわよ。

薄田刑事　蒲原さん、落ち着いてください。ここは病院なんですから、皆さんも大きな声を出すのはやめましょう。

蒲原警部　すまん。

松倉　わかればいいのよ。

蒲原警部　何を！

薄田刑事　まあまあ。（ほしみに）あなたがあやめさんの言うことを信じたいのはわかります。でも、その判断は、我々の話を聞いてからにしてくれませんか。

ほしみ　その前に、一つだけ教えてください。あなたはおじさんを撃ち殺そうとしたんですか？

蒲原警部　あれは仕方なかったんだ。あの時点では、彼を殺人犯だと思っていたから。

ほしみ　おじさんは人を殺してなんかいません。

蒲原警部　確かに殺してはいないが、一時は危篤状態だったんです。未だに意識は回復してない。

ほしみ　それって、誰のことですか？

薄田刑事　暴力団の組員ですよ。三日前の六時過ぎに、新宿の中央公園で、鉄平さんに撃たれたんです。

ほしみ　私の聞いた話と全然違う。

蒲原警部　あなたは家族五人をいっぺんに亡くしてしまった。その上、おじさんが殺人未遂を犯したなんて聞いたら、どうなるかわからない。それで、あやめさんは嘘をついたんでしょう。

ほしみ　詳しい話を聞かせてください。

薄田刑事　撃たれた男は、リストを持っていました。調べてみると、みんなその男に浮気の証拠をつかまれて、脅迫されていました。そのリストの中に、高梨という名前があった。

ほしみ　おじさんも脅迫されてたんですか？

薄田刑事　（手帳を開いて）先月と先々月に、五百万ずつ払ってます。しかし、また五百万要求されて、これ以上は払えない、だから殺すしかないと思った。

ほしみ　そんなの、信じられません。

蒲原警部　しかし、彼は現場から逃走した。数時間後に自宅へ電話して、あやめさんを呼び出そうとした。

薄田刑事　（ほしみに）高飛びする前に一度会っておくつもりなんだろうと、我々は思いました。

蒲原警部　（ほしみに）待ち合わせの場所は竹芝桟橋。我々が逮捕しようとすると、拳銃で威嚇して逃げようとした。

薄田刑事　（ほしみに）だから、撃ったんです。拳銃を持ったまま逃がしたら、危ないと思ったんで。

蒲原警部　（ほしみに）その後の調べで、拳銃は撃たれた男の物だとわかりました。ということは、鉄平さんは要求を断りに行って、男に拳銃で脅されたんでしょう。それで揉み合っているうちに、つい撃ってしまった。

萩本　それって、正当防衛じゃないの？

蒲原警部　過剰防衛って可能性もありますけどね。

萩本　でも、ほしみちゃんのおじさんには、殺すつもりはなかったんでしょう？

松倉　（蒲原警部に）自首すれば、重い罪にはならないんじゃないの？

101　カレッジ・オブ・ザ・ウィンド

蒲原警部　そんなことは、本人だってわかっているはずです。それなのに自首しようとしないのは、何か理由があるのかもしれない。
ほしみ　理由って？
蒲原警部　（ほしみに）それをあなたに聞きに来たんですよ。しかし、あなたは何も知らないようだ。
薄田刑事　（ほしみに）鉄平さんからは、何も連絡がないんですね？
ほしみ　……ええ。
蒲原警部　あなたのご家族のことを知ったら、必ず連絡を取ろうとするはずです。一人ぼっちになったあなたを、放っておくわけにはいかないでしょう。
松倉　（ほしみに）彼が何か言ってきたら、警察にも必ず連絡してください。
薄田刑事　おじさんは怪我をしてるんですか？
ほしみ　そのまま走って逃げたんで、大した怪我じゃないでしょう。
蒲原警部　（ほしみに）我々の話、信じてくれましたか？
薄田刑事　信じたくないけど、それが事実なんでしょう？
ほしみ　やっぱり話さない方がよかったかな。
薄田刑事　仕方ないだろう。話さなかったら、俺たちが犯人にされるところだったんだ。
蒲原警部　おじさんは、私が必ず自首させます。
ほしみ　あんまり無理しないで、すぐに我々に知らせてください。
薄田刑事　大丈夫です。私が言えば、おじさんはわかってくれますから。
ほしみ
蒲原警部　それじゃ、お邪魔しました。

蒲原警部・薄田刑事が去る。

松倉　ビックリしたわね。ほしみちゃんのおじさんが人を撃ったなんて。
萩本　相手は暴力団ですよ。きっと正当防衛が認められますよ。
松倉　ほしみちゃんの家も、いろいろ大変ね。
萩本　（ほしみに）元気出しなよ。おじさん、きっと会いにきてくれるよ。
ほしみ　……おじさん。（ベッドの下に向かって）おじさん！

11

鉄平がやってくる。

鉄平　あやめと付き合い始めた頃から、菊川という名前は何度も聞かされた。会社の同期で、今はあやめの番組のディレクターをやっている男。そいつの話をする時のあやめは、まるで出来の悪い弟の話でもしているって感じ。口では「困っちゃうのよ」なんて言いながら、目は楽しそうに笑っている。その菊川と初めて会ったのは、結婚式の打合せの日だった。

そこへ、あやめと菊川がやってくる。

あやめ　鉄平さん、この人が菊川君。
菊川　（鉄平に）はじめまして、菊川です。
鉄平　話はいつもあやめから聞いてるよ。
菊川　え？　どんなふうに？

鉄平　本番中にドアを開けたり、くしゃみを五連発したりして、音を立てる名人なんだって？

菊川　（あやめに）おまえ、オーバーなこと言うなよ。（鉄平に）そんなの、一年に一回、あるかないかですよ。

あやめ　嘘ばっかり。昨日だって本番中に、コップを落としてガチャーンて。

菊川　バカ。あれは、おまえがハガキを忘れて、持ってきてくれって言うから。

あやめ　コップを落としてくれとまでは言ってないよ。

菊川　確かに、音を立てたのは悪かった。でも、マイクに向かって、「今のは私じゃありません。まぬけなディレクターの仕業です」なんて言うことないだろう？

あやめ　ミキサーさんは、「ナイス・フォロー」ってほめてくれたよ。

菊川　同僚をまぬけ呼ばわりして、何がフォローだ。

あやめ　だって、ホントにまぬけじゃない。

菊川　黙ってれば、後で編集できたんだよ。余計なことを言うおまえの方が、よっぽどまぬけだ。

鉄平　まあまあ、要するに二人ともまぬけだったんだよ。

菊川　こいつと一緒にしないでくださいよ。いや、すいません。

鉄平　それにしても、いきなり司会なんか頼んじゃって、悪かったね。

あやめ　いいの、いいの。この人、「何でも手伝う」って約束したんだから。

菊川　しかし、よりによって司会とはなあ。

鉄平　あれ？　あやめは喜んで引き受けてくれたって。

菊川　冗談じゃないですよ。うちはラジオ局ですよ。しゃべりのうまいヤツなら、他にいくらでもいるんだ。

鉄平　でも、アナウンサーが結婚式の司会なんかやってくれるかな。

菊川　やりますよ。中には、アルバイトで毎週やってるヤツもいるんですよ。（あやめに）どうせ頼むなら、そういうヤツに頼めばいいんだ。

あやめ　いかにも慣れてるって人はイヤなの。「本日はお日柄も良く」とか「ご祝辞を賜りたいと存じます」とか、堅苦しいこと言ってもらいたくないのよ。

菊川　というのは表向きで、本当は俺に復讐するつもりなんだろう。

あやめ　……何よ、復讐って。

菊川　俺、おまえにいつも文句を言ってるだろう？　本番が終わるたびに、「どうしてあそこであんなこと言うの？」とか。

あやめ　チェックがいちいち細かいのよね。

菊川　あれは、おまえにいいＤＪになってほしいから、心を鬼にして言ってるんだよ。

あやめ　わかってるよ、そんなこと。

菊川　嘘だ。心の中では、式が終わった後で、「どうしてあそこであんなこと言うの？」とか言って、苛めるつもりなんだ。

鉄平　あやめ、それはひどいよ。

あやめ　私がそんなことするわけないでしょう？

菊川　結婚式っていうのは、一生に一度のことなんだぞ。毎年、結婚記念日が来るたびに、「あの式は、料理は最高だったけど、司会は最低だったなあ」なんて言われたら、俺、たまらないよ。

あやめ　そんなこと言わないって。

菊川　おまえは言わなくても、田舎のおじさんやおばさんは言うんだよ。

あやめ　言いたい人には、言わせておけばいいじゃない。とにかく、私も鉄平さんも初めての結婚式なんだから、司会も初めての人にやってほしいのよ。ねえ、鉄平さん？

鉄平　（菊川に）二回目の時も、また君に頼むからさ。

あやめ　何よ、二回目って。

鉄平　（菊川に）それじゃ、一応、タイムテーブルの説明をしようか。あやめ。

あやめ　オーケイ。

あやめがポケットから紙を取り出し、菊川に説明を始める。

鉄平　菊川の顔を見ながら、俺は考えた。こいつはあやめを五年も前から知っている。俺はたった一年前からしか知らないのに。今だって、俺があやめに会うのは三日に一度。しかし、こいつは会社で毎日会ってる。一緒に仕事をして、昼飯を食って、帰りに酒を飲んで。

あやめ　鉄平さん、聞いてる？

鉄平　あ、お色直しが五回っていうのは、ちょっと多くないか？

あやめ　えー？　今時、普通だよ。ねえ、菊川君？
菊川　普通かどうかは知らないけど、料理を食ってる暇はなくなるぞ。
あやめ　わかった。三回で我慢する。

再び、あやめが菊川に説明を始める。

鉄平　男の嫉妬はみっともない、そんなことはわかってる。しかし、菊川の前で見せるあやめの仕種、表情、言葉の一つ一つが、俺の胸をチリチリ焦がす。俺には今まで見せたことのない、あやめのもう一つの顔。それは、俺と二人でいる時より明るくて、生き生きしていて……。
菊川　鉄平さん、大体こういうことを言えばいいっていう、手引きみたいなものはないんですかね？
鉄平　ここの人に頼めば、くれるんじゃないかな。
あやめ　ついでに、菊川君の衣裳も選んでこよう。
菊川　俺は自分の背広でいいよ。
あやめ　バカね。話が下手クソなんだから、衣裳ぐらい立派なのを着なさいよ。
菊川　立派なのって、タキシードか？
あやめ　もちろん。
菊川　ここまで来たら、着るしかないか。でも、あの腹巻みたいなのは絶対イヤだからな。

菊川が去る。後を追って、あやめも去ろうとする。

鉄平　あやめ。
あやめ　(立ち止まって) 何？
鉄平　菊川君、イヤがってるみたいじゃないか。
あやめ　いいの、いいの。あいつにも、人前で話をすることの難しさを、少しはわからせなくちゃ。
鉄平　それだけならいいけど。
あやめ　それだけって？
鉄平　彼が言ってたろう。復讐って。
あやめ　イヤだ。あんなの、本気にしないでよ。

あやめが去る。

鉄平　新郎の席に座ろうとしなかったから、かわりに司会の席に立たせよう。それがおまえの復讐なのか。胸の中に広がる疑問を、俺は口には出さなかった。どっちにしたって、あやめは俺と結婚するんだ。俺を選んだってことじゃないか。ところが、式が終わっても、事情は変わらなかった。あやめの口からは、毎日、菊川の名前が出てくる。家にもちょくちょく遊びに来る。菊川という男を知れば知るほど、俺にはあやめの気持ちがわかる気がした。あやめにとって菊川は、弟みたいな男なんだ。いつでもそばにいてあげたい……。

そこへ、菊川がやってくる。

菊川　鉄平さん、このテープ。（カセットテープを差し出す）

鉄平　どうだった。声は聞き取れるようになったか？

菊川　ギリギリってところかな。

鉄平　何だよ。ラジオ局なら、高い機械が揃ってるんだろう？

菊川　高いけど、古いのばっかりなんですよ。でも、女の声の方は、だいたい聞こえるようになりました。

鉄平　バカ。男の声が聞こえなくちゃ、証拠にならないんだよ。

菊川　まあまあ、文句をつける前に、聞いてみてください。

菊川がレコーダーにカセットテープを入れて、かける。

菊川　男は周りの耳をかなり警戒してますね。脅迫って雰囲気を出さないように、穏やかに話してる。

鉄平　ああ。まるで保険の勧誘でもしてるみたいだな。しかし、何を言ってるか、半分もわからない。

菊川　でも、大事なことはどうしてもはっきり言おうとします。ほら、今、「五百万」て言ったでしょう。

鉄平　よし。これなら、何とか証拠になるだろう。

鉄平が菊川の手からレコーダーを取り、中からカセットテープを出す。レコーダーを菊川に返す。

菊川　鉄平さん、その女、誰なんですか？

鉄平　誰でもいいじゃないか。

菊川　鉄平さんの知り合いなんですか？

鉄平　そうだよ。脅迫されて困ってるから、何とかしてくれって頼まれたんだ。仕方ないから、今度、相手と会う時、会話を盗み取りしてこいって。

菊川　まさか、この女の愛人が鉄平さんだってことはないですよね？

鉄平　冗談言うなよ。俺が浮気なんかすると思うか？

菊川　だったら、別にいいんですけど。

鉄平　けど、何だよ。

菊川　あやめを裏切るような真似をしたら、俺、黙ってませんよ。

鉄平　余計なお世話だ。他人の家庭に首を突っ込んでないで、そろそろ自分の心配でもしたら

菊川　どうだ。
鉄平　俺、あやめのこと、他人だなんて思ってません。他人じゃなかったら、何だっていうんだ。

そこへ、あやめがやってくる。

あやめ　何よ。二人で、大きな声を出して。喧嘩でもしてるの？
鉄平　いや、こいつが、どうして僕は結婚できないんでしょうって言うから、いろいろアドバイスしてやってたんだよ。（菊川に）なあ？
あやめ　また嘘をついて。
菊川　鉄平さん、そのテープ、借りてっていいですか？
鉄平　ダメダメ。
菊川　一晩だけ。あやめの番組で流したいんですよ。
鉄平　そんなことをして、何になるんだ？
菊川　流した後で、あやめに訴えさせるんですよ。脅迫をやめてくれって。
鉄平　番組の企画に使おうってわけか。大しておもしろいとは思えないがな。
菊川　あやめのパーソナリティーが出れば、それでいいんですよ。あやめの人気はこんなもんじゃない。局アナなんかで終わるべき人間じゃないんだ。
あやめ　（鉄平に）そのテープ、何が入ってるの？

鉄平　何でもないよ。
菊川　どうしてあやめに隠すんですか。その女、ただの知り合いなんでしょう？
あやめ　女って？
鉄平　あやめには関係ない話だ。
菊川　本当に関係ないんですね？
鉄平　何回同じことを言わせるんだ。俺の言うことが、そんなに信じられないのか。
菊川　わかりました。今日はこれで帰ります。
あやめ　ご飯、食べていけばいいのに。
菊川　二日連続はまずいよ。
あやめ　そんなの、気にすることないのに。ねえ、鉄平さん？
菊川　明日、また来るから。それじゃ、お邪魔しました。

菊川が去る。

鉄平　あやめ。俺が浮気したらどうする？
あやめ　何よ、いきなり。
鉄平　俺が浮気したらどうする？
あやめ　結婚してから、まだ一年しか経ってないのよ。一年て言ったら、まだ新婚じゃない。いくら何でも早すぎるよ。

鉄平　それじゃ、二十年経ったらいいのか？

あやめ　二十年だって、新婚よ。金婚式を迎えるような夫婦から見たら。

鉄平　子供ができても新婚か。

あやめ　孫ができても新婚よ。

鉄平　俺は絶対浮気はしない。結婚する時、そう決めたんだ。

あやめ　当然よ。もししたら、絶対許さないもん。

鉄平　だから、おまえもしないでほしいんだ。

あやめ　バカね。私がするわけないじゃない。

鉄平　そうだよな？

あやめ　そうよ。

鉄平　そうだよな？

あやめ　決まってるじゃない。バカね。

あやめが去る。

鉄平　男の嫉妬はみっともない。そんなことはわかってる。しかし、たまには男だって、みっともなくても構わない、人に何と思われようと、自分の気持ちに正直になりたいって思う時がある。あやめ。おまえはどうしていつもあいつの方を向いてるんだ？　これは浮気なんてもんじゃない。俺は最初から勝負に負けてるんだ。結婚しても片思い。二十年経っても片思いか。

鉄平が去る。

12

病室。
ほしみがベッドの下を覗いている。萩本と松倉は寝ているらしいが、布団をかぶっているので、顔が見えない。右側の窓が開いて、カーテンが揺れている。ほしみが窓に駆け寄り、外に顔を出そうとする。と、ヨウタがピョコンと顔を出す。

ヨウタ　ただいま。
ほしみ　何だ、ヨウタか。
ヨウタ　何だとは何だよ。せっかく走って帰ってきたのに。

窓の向こうに、ツキエ・ナミコがやってくる。

ツキエ　遅くなったから、怒ってるんじゃないの？
ヨウタ　（ほしみに）いや、これにはいろいろ事情があってさ。
ナミコ　ヨウタ、ほしみには話さなくていいわよ。

ナミコ・ツキエ　ヨウタが窓から中に入る。窓の向こうに、ギンペイ・タケコがやってくる。

ギンペイ　だから、俺には身に覚えがないって言ってるだろう。

タケコ　それじゃ、あの女は何なんだい。

ギンペイ　知らないよ。会ったこともない女だよ。

タケコ　そんな女が、どうしておまえのお棺の前で、「あなた！」って泣き崩れるんだよ。

ギンペイ　あれは俺のお棺じゃない。ヨウタのお棺だ。

タケコ　それじゃ、あの女はヨウタの愛人？

ヨウタ　俺は無実だ！

ナミコ　あなた！　自分の罪を息子に押しつけないで。

タケコ　（ギンペイに）おまえって男は、どこまで見下げ果てた男なんだい。親の顔が見てみたいよ。ほら見ろ。これが親の顔だよ。

ツキエ　そんな所でケンカしてないで、とりあえず中に入ったら？

ギンペイ・タケコが窓から中に入る。

ほしみ　お父さん、浮気をしてたの？

ヨウタ　相手は姉ちゃんと同じぐらいの年だった。笑っちゃうよなあ。

ギンペイ　俺も最初はそう思ったんだ。ところが、話を聞いてみたら、あれで二十七だってさ。ビックリするよなあ。
タケコ　やっぱり、あの女のこと、知ってるんじゃないか。
ギンペイ　今、思い出した。あの子はレコード会社で働いてるんだ。もちろん、仕事の上の付き合いだけだよ。
タケコ　「君はOLよりも歌手に向いてる。僕の力でデビューさせてあげよう」とか何とか言って、丸め込んだんだろう。
ギンペイ　ナミコ、おまえは信じてくれるよな?
ナミコ　信じるから、ほしみの前でそんな話はしないでよ。
タケコ　ごめんよ、ほしみ。おまえの父親像を木っ端微塵にしちゃって。
ほしみ　いいよ。私はお父さんを信じてるから。
ツキエ　お姉ちゃんには気の毒だけど、あれは間違いなく愛人だよ。泣き方を見れば、すぐにわかるよ。
タケコ　私もすぐにピーンと来たね。
ヨウタ　俺は全然わからなかった。
ツキエ　バカね。全身で自己主張してたじゃない。私は悲劇のヒロインよって。
ほしみ　それはツキエの考えすぎだよ。お父さんが浮気なんかするわけないよ。
ギンペイ　そうだよな、ほしみ。
ほしみ　お父さんは家族を大切にしてるもの。みんなでキャンプに行けるようにって、キャンピ

ツキエ　ングカーまで買ってくれたし。
ほしみ　あんなの、ただの言い訳じゃない。俺はこれだけ家族のことを考えてるんだぞって。
ギンペイ　でも、考えてなかったから、買わなかったよ。ねえ、お父さん？
ヨウタ　ほしみ……。
ほしみ　（ベッドの下を覗いて）あれ、おじさんは？
ナミコ　それが、いなくなっちゃったのよ。私が刑事さんと話をしてる間に。
ほしみ　刑事がここに来たの？
ヨウタ　お母さんたちが出ていって、すぐに。
ほしみ　蒲原と薄田ってヤツだろう？　拳銃で脅されたりしなかった？
タケコ　全然。何か、話が大分違ってたみたい。
ほしみ　鉄平のヤツ、やっぱり脚色してたんだね？　あいつがあんなにカッコいいわけないと思ってたんだ。
タケコ　そうじゃなくて、おじさんは浮気をしてたみたいなのよ。
　何だって？

　その時、鉄平が窓から中に入ってくる。

ツキエ　おじさん！
鉄平　いや、外の空気は気持ちいいな。

ほしみ　どこへ行ってたの？　病院の中、グルグル探し回ったんだよ。
鉄平　俺も家族の一人だから、葬式に出た方がいいと思って。
ナミコ　鉄平君も家に来てたの？
鉄平　中には入らなかった。あやめに顔を合わせにくくて。
タケコ　どうして顔を合わせにくいんだい。
鉄平　葬儀委員長なんて大変な仕事を押しつけちゃったからな。
タケコ　それだけじゃないだろう？
鉄平　他人の浮気に首を突っ込んで、警察に追われるハメになっちまったし。
タケコ　鉄平、もう嘘はいいよ。
鉄平　嘘って何だよ。
ツキエ　お姉ちゃんから聞いたよ。おじさん、浮気をしてたんでしょう？
タケコ　ギンペイといい鉄平といい、うちの息子はどうして女ぐせが悪いんだい。
ギンペイ　やっぱり遺伝かな。
鉄平　親父もしょっちゅう浮気してたもんな。
ほしみ　おじさん、刑事さんが言ってたことは本当なの？　浮気をして、ヤクザに脅迫されてたって。
鉄平　本当だよ。脅迫されたのは、俺じゃなくて、女の方だけど。
ツキエ　それじゃ、あのテープは？
鉄平　俺が女に言って、録音させたんだ。金のかわりにそのテープを持っていったら、相手の

ヨウタ　ヤクザ、怒りやがって。（拳銃を抜く）
鉄平　その拳銃はヤクザのだったんだ。
タケコ　俺の顔に突きつけるから、相手が瞬きしてる間に――
鉄平　脚色はいいよ。
「助けてくれ！」って言いながら、抱きついたんだよ。それで揉み合ってるうちに、バーンて。
ヨウタ　どっちが撃ったの？
鉄平　俺だったみたいだな。相手は腹を押さえて倒れて、拳銃は俺の手の中にあった。
ナミコ　それなら、正当防衛じゃない。すぐに警察に行けばよかったじゃない。
鉄平　その前に、どうしてもあやめに会いたかったんだよ。
ほしみ　それで、竹芝桟橋に呼び出したの？
鉄平　ところが、そこには菊川が来やがった。おまけに、刑事も一緒だった。
ほしみ　逃げようとして、刑事さんに撃たれたんでしょう？　怪我は大丈夫なの？
鉄平　かすり傷だよ。もう何ともない。
ナミコ　今からでも遅くないわ。すぐに警察に自首しなさい。
鉄平　それは、あやめに会ってからだよ。
ナミコ　自首してからでも、会えるわよ。だから、今すぐに――（鉄平の腕をつかむ）
鉄平　（ナミコの手を振り払って）俺はここで会いたいんだよ。ほしみのいる所で。
ほしみ　どうして私が必要なの？

鉄平　俺一人だと、何だか照れ臭いんだ。でも、おまえがいれば、本当の気持ちが伝えられると思う。
ほしみ　本当の気持ちって？
ツキエ　（鉄平に）誰か来るよ。隠れて。

鉄平がベッドの下に隠れる。そこへ、藤枝がやってくる。

藤枝　失礼します。
ほしみ　どうぞ。
藤枝　（萩本・松倉を見て）二人ともよく寝てるわね。（ほしみに）一人で淋しかったでしょう。
ほしみ　ええ。事故が起きてから、一人ぼっちになったのは、初めてだったんで。
藤枝　え？　本当に一人だったの？
ほしみ　することがないんで、病院の中を散歩してきました。
藤枝　ということは、あなたのご家族はもういなくなったのね？
ほしみ　今はいます。みんな、お葬式に行ってたんです。
藤枝　それじゃ、まだ見えるわけ？
ほしみ　もちろん。
藤枝　そう。こういう病気は、一日や二日じゃ治らないもんね。気長に待つしかないか。
ナミコ　（ほしみに）そう言えば、精密検査の結果は？

ほしみ　藤枝さん、精密検査の結果は出ましたか？
藤枝　さっき出た。ほしみちゃんの言う通り、異常ナシだった。
ギンペイ　よかったな、ほしみ。
タケコ　（ほしみに）これで安心して成仏できるよ。
ほしみ　……今、何て言った？
タケコ　成仏できるって言ったんだよ。私らも、やっと安心してあの世へ行けるってわけさ。
ほしみ　家族旅行は？　もう終わりにしちゃうの？
ギンペイ　もともと二泊三日の予定だったじゃないか。今日がその三日目なんだよ。
ほしみ　私はイヤだ。私はまだ終わりにしたくない。
ナミコ　お葬式を見ながら、みんなで話し合ったのよ。私たちがそばにいる限り、ほしみは退院できない。だから、今夜で終わりにしようって。
タケコ　（ほしみに）おまえが死ぬまで、後ろにくっついてるわけにもいかないじゃないか。
ヨウタ　（ほしみに）そんなことしたら、背後霊になっちゃうよ。
ほしみ　私は背後霊、好きだよ。
ツキエ　後ろにいるだけで、お姉ちゃんには何もしてあげられないのよ。
ほしみ　それでもいいよ。そばにいてよ。
ギンペイ　ほしみなら、大丈夫だよ。俺たちがいなくなっても、何とかやっていける。
ナミコ　（ほしみに）鉄平君だっているじゃない。それに、あやめさんも。
ほしみ　でも――

そこへ、あやめ・菊川が入ってくる。

あやめ　ほしみちゃん。
ほしみ　ごめんね。忙しいのに、呼んだりして。
あやめ　鉄平さんから連絡があったの？
ほしみ　（頷く）
菊川　どこにいた？　ここに来るって言ったのか？
藤枝　大きな声を出さないください。寝てる人がいるんですよ。
菊川　すいません。ちょっと事情がありまして。
藤枝　事情って？
菊川　この子の叔父が、三日前から行方不明になってるんです。
あやめ　（ほしみに）それで、連絡はいつあったの？
ほしみ　昨夜、夜中の十二時頃。
菊川　そんな時間に、電話がかかってきたのか？
ほしみ　電話じゃなくて、おじさんはここへ来たの。
藤枝　この病院へ？　そんな時間に、どうやって中へ入ったの？
ほしみ　あの窓から。
藤枝　嘘。ここは三階なのよ。

ほしみ　それで、あやめさんをここへ呼んでほしいって。
菊川　ということは、鉄平さんはもう一度、ここへ来るのか？
ほしみ　もう来てる。昨夜から、ずっとここにいるの。
あやめ　ここって、この病院の中？
ほしみ　この病室。私のベッドの下。
あやめ　（ほしみのベッドを見て）……鉄平さん。
ほしみ　（ベッドの下に向かって）おじさん、出てきて。

その時、萩本のベッドから蒲原警部、松倉のベッドから薄田刑事が飛び起きる。二人の手には拳銃。銃口はほしみのベッドの下に向けている。

蒲原警部　動かないで！
菊川　おまえら、いつの間に——
蒲原警部　静かに！　皆さん、そこから動かないでください。
薄田刑事　彼は拳銃を所持しています。発砲する危険があります。
タケコ　何だい、こいつら。
ほしみ　刑事さんよ。
ギンペイ　刑事がなぜこんな所で寝てるんだ。
菊川　（ほしみに）君は知ってたのか。

ほしみ　知らなかった。私は全然知らなかった。

蒲原警部・薄田刑事がほしみのベッドに近づく。

薄田刑事　ベッドから離れて。皆さん、壁際へ下がってください。
あやめ　主人を捕まえるつもりですか？
蒲原警部　そのために待ってたんですよ。
あやめ　殺人未遂の容疑は晴れたんじゃないんですか？
蒲原警部　確かに、正当防衛の確率は高くなった。が、私はまだ信じていない。
あやめ　どうして？
蒲原警部　彼はなぜ逃げるんです。しかも、拳銃を持ったまま。
あやめ　それは……。
蒲原警部　彼は誰かを撃つつもりなんだ。だから、自首しようとしないんです。
あやめ　誰を？　あの人が、誰を撃つって言うんですか？
蒲原警部　それは本人に聞いてみようじゃありませんか。（ベッドの下に向かって）高梨。出てこい。

沈黙。

蒲原警部　聞いてるのか、高梨。高梨！

沈黙。

蒲原警部　出てこないから、こっちから行くぞ。（薄田刑事に）おい。

薄田刑事がほしみのベッドに近づき、下を覗こうとする。

13

ベッドの下から、鉄平が飛び出す。

ヨウタ　おじさん！
鉄平　（蒲原警部に）俺は誰かを撃とうなんて思ってない。あやめに会いたかっただけなんだ。
蒲原警部　（薄田刑事に）どうだ、いるか。
薄田刑事　（ベッドの下を覗き込んで）暗くてよく見えません。
蒲原警部　高梨、いつまで待たせるつもりだ。
ツキエ　ちょっと、おじさんはもう出てきてるよ。
菊川　（ベッドの下に向かって）鉄平さん、もう諦めてください。下手に暴れると、周りの人間に迷惑がかかる。
ヨウタ　こいつら、何言ってんの？
蒲原警部　（ベッドの下に向かって）十秒だ。あと十秒待って、出てこなかったら、こっちから行くぞ。
ツキエ　そうか。この人たちには、おじさんが見えてないのよ。

タケコ　鉄平、おまえ、まさか……。

鉄平　ほしみ、ごめん。俺はもう死んでるんだ。

ギンペイ　鉄平！

　　鉄平が窓から外へ飛び出す。後を追って、ギンペイ・ヨウタも飛び出す。

ほしみ　（窓から外へ身を乗り出して）おじさん！　おじさん！

あやめ　ほしみちゃん、どうしたの？

菊川　（ほしみに）鉄平さんが、そこから出ていったのか？

蒲原警部　まさか。

薄田刑事　（ベッドの下に頭を突っ込んで）ここには誰もいません。

蒲原警部　（ほしみに）しかし、君はベッドの下にいるって。

菊川　他のベッドに移ってたんだよ。鉄平さんは、あんたたちの真下にいたんだ。

蒲原警部　いつの間に。（窓から外へ身を乗り出して）高梨！　どこだ！

薄田刑事　（窓から外へ身を乗り出して）下の窓が開いてます。

蒲原警部　看護婦さん、この下は？

藤枝　外科のオペ室です。

　　菊川がドアから外へ飛び出す。

蒲原警部　おい、待て！
藤枝　待ってください。騒ぎは起こさないって約束ですよ。
蒲原警部　わかってますよ。（薄田刑事に）行くぞ。

蒲原警部・薄田刑事がドアから外へ飛び出す。

タケコ　どういうことだい。鉄平が死んでたなんて。
ツキエ　刑事に撃たれた時、大怪我をしたんじゃないの？
タケコ　それなのに、無理して逃げるから。あのバカ……。
ほしみ　私が悪いのよ。
あやめ　ほしみちゃんは何もしてないじゃない。
ほしみ　昨夜、おじさんが来た時、「生きててよかった」なんて言ったから、おじさん、本当のことが言えなくなっちゃって。
あやめ　本当のことって？
ほしみ　あやめさん、おじさんは死んだの。
あやめ　まさか。
ほしみ　今、窓から出ていったのは、おじさんの幽霊なのよ。
藤枝　ほしみちゃん、また幽霊の話？

あやめ　またって？
藤枝　この子ったら、昨日からこの調子なんですよ。自分の周りには、家族の幽霊がいるって。
ほしみ　信じて、あやめさん。私には、みんなが見えるの。
藤枝　おじさんの幽霊っていうのは、初めて聞いたわ。
ほしみ　さっきまでは、生きてるって思ってたから。
あやめ　ほしみちゃん、冗談はやめて。
ほしみ　冗談なんかじゃない。おじさんは私のベッドの下から出てきたの。でも、刑事さんたちには見えなかったのよ。
あやめ　それが、ほしみちゃんには見えたの？
ほしみ　私はおじさんの家族だから。
あやめ　だったら、どうして私には見えないの？
ほしみ　それは……。
あやめ　私は鉄平さんの家族じゃないの？
ほしみ　あやめさん、おじさんはあやめさんに黙って――
ナミコ　違うのよ。
ほしみ　え？
ナミコ　浮気を脅迫されていたのは、鉄平君じゃないの。私なのよ。
ほしみ　お母さん……。
あやめ　どうしたの、ほしみちゃん。

ナミコ　（ほしみに）何度も何度もお金を要求されて、これ以上払ったら会社が潰れるってところまで来て、でも、家族のみんなに知られるわけにはいかない。だから、鉄平君に相談したの。

タケコ　それじゃ、あのテープに入ってたのは、ナミコさんの声だったの？

ツキエ　そうだと思った。

タケコ　何だい。おまえは知ってたのかい。

ほしみ　予備校の帰りに見たのよ。お母さんが、男の人と歩いてるところ。

あやめ　嘘だ。お母さんがそんなこと……。

ナミコ　ほしみちゃん、そこにお母さんがいるの？

（ほしみに）鉄平君はそのテープを持って、要求を断りに行ってくれた。私を助けるために。

タケコ　それじゃ、鉄平が死んだのは――

ナミコ　全部、私が悪いのよ。会社が忙しいなんて、全部嘘。帰りが遅くなった日は、いつもその人に会ってたの。

ほしみ　お母さんがそんなことするはずないよ。

ナミコ　ほしみ……。

ほしみ　どんなに忙しくても、キャンプには必ず来てくれた。一昨日は一泊だけだって言ったけど、どうせもう一泊するに決まってるって思ってた。だって、キャンプで一番はしゃぐのは、お母さんなんだもの。

ナミコ　一昨日は、鉄平君に会いに行こうと思ってたのよ。前の晩に要求を断りに行って、それから連絡がなかったから。
ほしみ　やめてよ、お母さん。そんな話。
ナミコ　ほしみ……。
ほしみ　嘘でしょう、お母さん？　嘘だって言ってよ。

そこへ、菊川が飛び込んでくる。

菊川　(あやめに) 鉄平さんは戻ってないか？
藤枝　下にはいなかったんですか？
菊川　窓からなんて、誰も入ってこなかったって。

そこへ、蒲原警部・薄田刑事が飛び込んでくる。

蒲原警部　(菊川に) 捜査の邪魔をするな！
菊川　邪魔をしてるのはどっちだ。鉄平さんは、あやめと話がしたいだけなんだ。
蒲原警部　おまえの魂胆はわかってる。俺たちの先周りをして、高梨を逃がすつもりなんだろう。
菊川　俺はただ、鉄平さんとあやめを――
薄田刑事　(窓から外へ身を乗り出して) 蒲原さん、上の窓も開いてます。

蒲原警部　よし。
藤枝　ちょっと待って。さっき、ほしみちゃんが見たって言ったのは——
蒲原警部　話は後だ。（薄田刑事に）行くぞ。
藤枝　刑事さん！

蒲原警部・薄田刑事・藤枝が走り去る。後を追って、菊川も去ろうとする。

あやめ　菊川君！
菊川　大丈夫。鉄平さんは、俺が必ず助けるから。
あやめ　もういいのよ。
菊川　何言ってるんだ。鉄平さんは、おまえに会うために逃げ回ってるんだぞ。
あやめ　そうじゃないのよ。あの人は死んだの。
菊川　何だって？
あやめ　（ほしみに）そうなんでしょう？
ほしみ　（頷く）
菊川　だって、さっき、窓から出ていったって。

その時、ヨウタが窓から入ってくる。

ヨウタ　姉ちゃん！
ほしみ　ヨウタ！　おじさんは？
ヨウタ　父さんが捕まえた。今、連れてくる。

ギンペイが鉄平を引っ張って、窓から入ってくる。

ギンペイ　鉄平、入れ。
ほしみ　おじさん！
あやめ　鉄平さんが戻ってきたの？
ほしみ　今、窓の所にいる。
菊川　二人とも、何を言ってるんだ。
あやめ　鉄平さんは今、私たちの目の前にいるのよ。ほしみちゃんには見えるの。
菊川　おまえにも見えるのか？
あやめ　（首を横に振る）
鉄平　あやめに見えないのはわかってた。一度、家に戻った時、何回ドアを叩いても、開けてくれなかったから。
ほしみ　おじさんが悪いんだよ。おじさんが、浮気なんかするから。
あやめ　ほしみちゃん、浮気って？
ナミコ　違うのよ。それは鉄平君じゃなくて――

鉄平　そうか。悪いのは全部、俺か。浮気をしたおかげで、俺の姿はあやめに見えない。俺とあやめは家族じゃなくなったってわけだ。

ツキエ　でも、お姉ちゃんにはお父さんが見えるよ。お母さんも見える。

タケコ　親子と夫婦は違うよ。

ツキエ　でも、うちだって、家族なんて呼べるものじゃなかった。みんなバラバラで、家族のことを思ってるのは、お姉ちゃんだけ。

ギンペイ　だから、見えるんじゃないか？　ほしみは俺たちのことを思ってるから。

タケコ　私らを思う気持ちが、ほしみに見えさせてるんだね？

ヨウタ　それじゃ、あやめさんは？　あやめさんはおじさんのことを思ってないって言うのか？

鉄平　ほしみ、俺の言葉をあやめに伝えてくれ。

ほしみ　あやめさん、おじさんが、話があるって。

あやめ　話？

鉄平とあやめの間に、ほしみが立つ。

鉄平　菊川に渡した手紙、読んだか？

ほしみ　（菊川を指さして）この人に渡した手紙、読んだかって。

あやめ　手紙って？

菊川　（ほしみに）どうして知ってるんだ。

あやめ　そこに鉄平さんがいるからよ。菊川君、手紙って何？
菊川　竹芝桟橋に行った時、鉄平さんに渡されたんだ。
あやめ　どうして黙ってたの？
菊川　おまえに読ませたくなかったから。
あやめ　何が書いてあったの？
鉄平　別れようって書いたんだよ。俺には、他に好きな女ができたから。
ほしみ　嘘よ。
鉄平　読んでないなら、それでいい。菊川、あの手紙は捨ててくれ。
ほしみ　（菊川に）あの手紙は捨ててほしいって。
菊川　とっくに捨てたよ。あんなデタラメ、あやめに読ませるわけにはいかない。
あやめ　もしかして、浮気をしたって書いてあったの？
菊川　嘘だよ。おまえと別れるために、悪者になろうとしたんだ。
ほしみ　どうして別れなくちゃいけないの？
菊川　鉄平さんは、撃った相手が死んだと思い込んだんだ。あやめを殺人犯の妻にはしたくなかったんだろう。
鉄平　それだけじゃないさ。
ほしみ　他に何の理由があるの？
鉄平　疲れたんだよ。片思いを続けることが。
あやめ　鉄平さんは何て言ってるの？

鉄平　結婚しても、あやめは俺の方を向いてない。そんな女と暮らすのは、もう飽き飽きしたんだ。
ほしみ　でも、今はそう思ってないんでしょう？
鉄平　死んでから気づいたんだ。もう少しがんばってみても、よかったんじゃないかって。
ほしみ　それじゃ、今は？
鉄平　今も昔もあるもんか。俺の気持ちは、試写室で出会った日のままだ。
あやめ　ほしみちゃん、鉄平さんは何て言ってるの？
ほしみ　おじさんの気持ちは、出会った日のままだって。
鉄平　しかし、あやめの気持ちもあの日のままだ。ずっとあいつの方を向いたままだ。
ほしみ　そんなことないよ。
鉄平　おまえに何がわかる。
ほしみ　あやめさんのラジオを聞いたもの。あやめさんは、おじさんの方を向くって決めたんだ。だから、結婚したんだよ。
鉄平　ところが、実際はそうじゃなかった。
ほしみ　そんなことないって。
鉄平　一緒に暮らす女が、他の男の方を向いてる。そんなことが、いつまでも我慢できると思うか？
ほしみ　できるよ。
鉄平　子供のくせに、偉そうなことを言うな。

ほしみ　子供でもできるよ。我慢だなんて思わなければいいんだ。
ナミコ　ほしみ……。
ほしみ　私はお母さんが好きだよ。お父さんもおばあちゃんも好きだよ。ツキエもヨウタも好きだよ。それでいいじゃない。それだけでいいじゃない。
ギンペイ　ほしみ……。
ほしみ　一緒に暮らしてるんだから、いつかは気づいてくれるよ。でも、死んでからじゃ遅いんだよ。
タケコ　ほしみ……。
ほしみ　みんなのこと、責めてるんじゃないよ。私にはみんなが見えるんだから。それはたぶん、みんなが気づいてくれたからだよ。一人ぼっちになった私の方を、みんなは向いてくれたんだよ。でも、おじさんは気づいてない。自分のことばっかり考えてる。だから、あやめさんには見えないんだよ。
鉄平　ほしみ……。
ほしみ　あやめさんはおじさんの方を向いてる。向いてないのは、おじさんなんだ。

鉄平があやめを見る。その視線に気づいたかのように、あやめも鉄平を見る。

あやめ　……鉄平さん。
菊川　あやめ、鉄平さんが見えるのか？

あやめ　鉄平さん！　鉄平さん！

あやめが鉄平に歩み寄る。

14

タケコ・ツキエ・ヨウタがやってくる。

ツキエ　というわけで、おじさんの姿が見えるようになったあやめさんは、おじさんの名前を何度も何度も呼び続けたのでした。

ヨウタ　しばらく経って、また、あの刑事たちが戻ってきた。

ツキエ　真っ青な顔をして、「高梨が死んだっていうのは本当ですか?」だって。

ヨウタ　藤枝さんに聞いたんだよ。自分の追いかけてる男が幽霊だったなんて、ショックだったろうな。

タケコ　いい気味だよ。鉄平を殺したのは、あいつらなんだから。

ツキエ　おじさんだって悪いよ。素直に自首すればいいのに、逃げようとするから。

タケコ　だからって、いきなり撃つことはないだろう?

ツキエ　でも、そのまま捕まってれば、死なずに済んだのよ。

ヨウタ　俺、ガッカリしたよ。おじさんの死因が溺死だったなんて。

ツキエ　逃げる途中で海に落ちたのよね。

ヨウタ　死体は橋の下に引っかかってた。最期までミジメだよな。
ツキエ　しかも、おじさんは、自分が死んだことに気づかないで、岸まで泳いでいった。自分の体を置きっ放しにして。
タケコ　それで、自分のマンションに行ったんだ。あやめさんに会いたくて。
ヨウタ　あやめさん、一人ぼっちか。
ツキエ　結婚してから、まだ一年しか経ってないのにね。
タケコ　ほしみだって一人だよ。
ヨウタ　姉ちゃんなら大丈夫だよ。きっと一人でやっていける。
ツキエ　あやめさんだっているじゃない。
タケコ　私らには何もできないもんね。
ヨウタ　肩を叩くこともできない。
ツキエ　「がんばれ」って背中を押すこともできない。
タケコ　背後霊は黙って後ろから見てるだけ。これは淋しい。
三人　そして、三日目、キャンプが終わる。

三人が振り返ると、そこは病室。
ほしみ・萩本・松倉がベッドに座っている。藤枝・蒲原警部・薄田刑事がほしみのベッドの横に立っている。鉄平・ギンペイ・ナミコが荷物の整理をしている。

ギンペイ　母さん、のんびりしてないで、荷物を持って。
タケコ　わかってる、わかってる。
鉄平　グズグズしてると置いてくぞ、ババア。
タケコ　どうしておまえはそういう言い方しかできないんだい。
蒲原警部　（ほしみに）そういうわけで、鉄平さんの遺体はあやめさんが確認しました。全部、あなたの言った通りでした。
ほしみ　私じゃなくて、おじさんが言ったんです。
蒲原警部　鉄平さんは今もここにいるんですか？
ほしみ　ええ、あそこで荷物の整理をしてます。
蒲原警部　そうですか。私は幽霊なんて信じてなかったけど、今度ばかりは信じざるを得ないようですね。
薄田刑事　（松倉・萩本に）いろいろご迷惑をかけて、本当にすいませんでした。
松倉　いいのよ。刑事だって、たまには失敗することもあるわよ。
蒲原警部　でも、逃げちゃダメなんですよね？
松倉　お互い、がんばりましょう。
薄田刑事　それじゃ、こんな遅い時間に失礼しました。

蒲原警部・薄田刑事が去る。

藤枝　ほしみちゃん、ごめんね。ほしみちゃんを騙すようなマネをして。

萩本　（ほしみに）あの人たちが、協力してくれって言うから。

ヨウタ　いいですよ。私だって、おじさんが来たこと、隠してたんだから。

ほしみ　姉ちゃん、俺たち、そろそろ行くよ。

タケコ　気をつけてね。

ツキエ　私ら、あの世に行くんだよ。途中で事故にあうわけないよ。

ほしみ　（ほしみに）本当に行っちゃっていいの？

藤枝　大丈夫だよ。淋しくなったら、あやめさんに会いに行くから。

ほしみ　ほしみちゃん、家族の皆さん、どこかへお出かけになるの？

萩本　天国に行くんです。

ほしみ　それじゃ、もうお別れなの？

ナミコ　……ええ。

ほしみ　ほしみ、ごめんね……。

ナミコ　イヤだな。泣かないでよ、お母さん。

ギンペイ　でも、私はあなたをずっと騙してきた。

　　　それは俺も同じだ。ほしみやおまえをずっと騙してきた。でも、もういいじゃないか。

　　　最後ぐらい、笑って、さよならを言おう。

タケコ　ほしみ、向こうで待ってるからね。

鉄平　（ほしみに）おまえが来るのを、首を長くして待ってるぞ。

タケコ　どうしておまえは。
ヨウタ　次に会うのは、何年先かな。
ツキエ　その前に、お盆があるじゃない。
ヨウタ　そうか。来年の夏に、また会いに来ればいいんだ。
ギンペイ　キャンプだな。
ナミコ　私たち、家族だもの。一年に一度は、家族旅行をしなくちゃ。

家族の六人が窓の前に立つ。

ほしみ　また会おうね。また来年の夏に。

家族の六人が手を振る。ほしみも手を振る。家族の六人が窓から外へ出ていく。ほしみがベッドに座る。

ほしみ　淋しくなったら、あやめさんに会いに行けばいいんだ。
藤枝　ほしみちゃん。
萩本　ほしみちゃん。
松倉　ほしみちゃん。
ほしみ　そうだ。もうすぐ、あやめさんの番組が始まる。松倉さん、ラジオを貸してください。

ほしみが松倉からラジオを借りる。自分のベッドに座って、ラジオを聞く。そこへ、家族の六人がやってくる。

鉄平　おい、天国はどっちだ？
ギンペイ　ヨウタ、どこかに標識はないか？
ヨウタ　ないよ。地図にも載ってないし。
ナミコ　ここで待ってれば、お迎えが来るんじゃない？
ツキエ　来なかったらどうするのよ。
タケコ　ほしみ、私ら、もう少しここにいてもいいかねえ？
鉄平　どうした、ほしみ。ほしみ。
ヨウタ　俺たちの声、聞こえないのかな。
鉄平　まさか。たった今まで、話をしてたのに。
タケコ　わかった。私らはもう成仏しちまったんだよ。
鉄平　それじゃ、天国は？
タケコ　ここが天国なんだよ。

家族の六人が口々にほしみの名前を呼ぶ。ほしみがふと顔を上げ、周りを見回す。

藤枝　どうしたの、ほしみちゃん？

ほしみ　風です。風の音が聞こえたんです。

ほしみが笑う。そして、またラジオに耳を傾ける。家族の六人が顔を見合わせて笑う。

〈幕〉

スケッチブック・ボイジャー

SKETCHBOOK VOYAGER

登場人物

のはら（漫画家）
諸星（編集者）
カケル（火星の牧場主）
夕顔（衛星タイタンの王女）
三太夫（夕顔の従者）
ダイゴ（宇宙警察海賊課の刑事）
ヤマアラシ（ダイゴの同僚）
ジャコウ（宇宙海賊の首領）
マサムネ（ジャコウの腹心）
冒進〈マオチン〉（ヨコスカ・シティーのガイド）
揚飛〈ヤンフェイ〉（冒進の友達）
館長（心からの願いの図書館の館長）

1

試合終了のホイッスルの音。
大きな歓声が上がる。そして、ゆっくりと消えていく。
光の中に、コジローが浮かぶ。ゴール・キーパーのユニフォームを着ている。

コジロー 右か左か、問題はそれだけだ。それだけ考えてればいいんだ。一つも取れなかったらどうしようとか、負けちまったら俺の責任だとか、物事を悪い方へ悪い方へ考えるのはやめろ。PK戦は入って当たり前。プレッシャーに苦しむのは、向こうの方だ。まさか正面には蹴れないし、端を狙いすぎるとポストに当たる。今頃、頭の中は洗濯機の渦巻だろう。その点、俺にはチャンスが五回もある。五本のうち一本でも止めれば、俺たちの勝ちだ。だから、焦るな。大きく息を吸って、吐いて……。

そこへ、敵のチームの選手がやってくる。

コジロー 落ち着いて、相手の目を見るんだ。目を見れば、何を考えてるか、わかる。右に蹴るのか、左に蹴るのか……。

敵がボールを蹴る。コジローが右へ跳ぶ。ボールは左へ飛んでゴール。

コジロー やっぱり左か！　わかってたんだ。まあいい、焦るな。あと四本ある。

敵が去る。入れ替わりに、別の選手がやってくる。

コジロー あ、今、右を見た。横目でチラっと右を見たぞ。二本続けて、左には蹴りにくいもんな。よし、右だ。右に跳ぶぞ。せーの――

敵がボールを蹴る。コジローは右へ跳ぼうとして跳ばない。ボールは右へ飛んでゴール。

コジロー 一瞬、やっぱり左かもしれないと思ってしまった！　どうして直前になって迷うんだ。バカバカ。

敵が去る。入れ替わりに、また別の選手がやってくる。

コジロー あ、また右を見た。今度は左を見た。左右をキョロキョロしてるぞ。一体何を考えてるんだ。落ち着け落ち着け。相手のペースに乗るんじゃない。最初が左で、次が右だった。だから、次は……。

敵がボールを蹴る。コジローが右へ跳ぶ。ボールは左へ飛んでゴール。

コジロー　裏の裏の裏をかかれた！　仕方ない仕方ない。気持ちを切り換えて、残りの二本に集中だ。二本のうち、必ずどっちか止めてやる。

敵が去る。入れ替わりに、また別の選手がやってくる。

コジロー　こいつは気が強いんだ。頭を使って裏をかくタイプじゃない。左、右、左って来たから、次は……。

敵がボールを蹴る。コジローが右へ跳ぶ。ボールは正面へ飛んでゴール。

コジロー　正面か！　なんて気の強いヤツだ。ラスト一本。こいつを止めないと敗北の二文字だ。ここまで来て、負けてたまるか。右か左か、右か左か……。

敵が去る。入れ替わりに、カケルがやってくる。ユニフォームは着ていない。

コジロー　おい、何だ、その恰好は？
カケル　ごめん。悪いけど、先に帰る。
コジロー　待てよ。試合はまだ終わってないんだぞ。
カケル　今日は引き分けってことにしよう。この決着は、また次の試合で。
コジロー　勝手なことを言うな。
カケル　悪いけど、時間がないんだ。早く行かないと、船に乗り遅れる。
コジロー　じゃ、試合放棄だな。今日は俺たちの勝ちだ。
カケル　いいよ。おまえの好きにしてくれ。
コジロー　どうしても行くのか？
カケル　とっても大切な用事なんだよ。
コジロー　サッカーよりも？
カケル　ああ。だから、行かなくちゃ。
コジロー　知らなかったな。おまえにサッカーより大切なものがあったなんて。教えてくれよ。その用事っていうのは何なんだ。
カケル　何だと思う？
コジロー　はぐらかしやがって。で、行き先はどこだ。せめてそれぐらいは教えてくれてもいいだろう。
カケル　昨日、話をしたじゃないか。僕らの先祖が生まれた星さ。

コジロー　まさか、カケル……。
カケル　地球さ。僕は地球へ行くんだ。

カケルがボールを蹴る。コジローが右へ跳んでパンチング。カケルがボールを蹴る。コジローが左へ跳んでキック。カケルがボールを蹴る。コジローが上へ跳んでキャッチ。笑って、ボールを投げ返す。カケルがボールを胸でトラップして、下へ落とす。

カケル　火星から十一時間。僕はついに、地球の上に降り立った。そう、まさに地球の上。海面から一千メートルの上空に浮かぶ、宇宙空港のプラットホーム。東の空がミカン色に染まる。北に広がるトーキョーベイが、白いさざなみをきらめかせる。朝が来る。僕の地球に新しい朝が。この広い地球のどこかに、僕の探しているゴールがある。夜が来て、朝が来て、また夜が来ても、僕はゴールを目指して走る。まるで——
コジロー　まるで、ゴールを目指して転がっていく、サッカーボールのように。

コジローが走り去る。反対側から、冒進・揚飛が飛び出す。

冒進　ようこそ地球へ。
揚飛　（カケルに）観光ですか？
カケル　観光じゃないけど、ビジネスでもない。ちょっと探し物があってね。

揚飛　探し物？

カケル　とりあえず、地上へ降りたいんだ。エレベーターはどこにある？

冒進　地球は初めてなんですね？　よかったら、案内しましょうか？

カケル　地球人て、親切だな。じゃ、お言葉に甘えて。

冒進　一日五千クレジット、二人で一万クレジットになります。

カケル　何だよ、お金を取るのか？

揚飛　それが私たちの仕事ですから。

カケル　地球人て、ちゃっかりしてるな。いいよ、一人で何とかするから。

冒進　火星人て、ケチだな。揚飛、他を探そう。

揚飛　（カケルに）エレベーターはあっちですよ。迷子にならないように、気をつけてね、カケル君。

カケル　え？

揚飛　いい旅を！

冒進　（カケルに）生きて火星へ帰れますように！

冒進・揚飛が走り去る。

ジャコウ・マサムネが飛び出す。二人とも、手に銃を持っている。

マサムネ　（カケルに銃を向けて）動くな！　生きて火星へ帰りたければ。

カケル　（両手を挙げる）

ジャコウ　よし、いい子だ。地球ってのは物騒な星だ。火星みたいにのんびりしたヤツばかりじゃない。血走った目ん玉で、他人様の財布を狙うヤツがごまんといる。そんな悪党にレイガンを向けられたら、逆らっちゃいけない。命が惜しいなら。ここは火星じゃないんだ。地球へ来たら、地球の流儀に従わなくちゃ。ことわざにもあるだろう。

マサムネ　朱に交われば赤くなる。

ジャコウ　惜しいな。

マサムネ　飛んで火に入る夏の虫。

ジャコウ　ちょっとズレたぞ。

マサムネ　親孝行したい時に親はなし。

ジャコウ　全然違うだろう。

カケル　郷に入ったら郷に従え。
ジャコウ　その通り。火星の百姓にしては、大した教養じゃないか。
カケル　その言い方はやめてくれないか？　僕は百姓でも農民でもない。
ジャコウ　だったら、地主様か？　火星最大の牧場を経営する、若き酪農家。
カケル　羊飼いさ。火星の緑の草原を、羊を追って東へ西へ。夜は生きた羊を枕に、星空を毛布にして眠る。
マサムネ　嘘つけ、この野郎。星空がどうして毛布になるんだ。
ジャコウ　怒るなよ、比喩じゃないか。
マサムネ　なんだ、比喩か。ビックリさせやがって。
カケル　あんたたち、何者だ？　火星の羊飼いに何の用だ。
ジャコウ　ただの羊飼いなら用はない。
カケル　ただの羊飼いさ。行ってもいいか？
マサムネ　動くな！
ジャコウ　一昨日まではただの羊飼いだったかもしれない。ところが昨日一日で、連邦予算の十一年分のクレジットを手に入れた。今じゃ、宇宙一の大金持ち。どうだ、カケル。億万長者の気分は。
カケル　早くあんたたちとサヨナラしたいって気分さ。
ジャコウ　私たちはもうちょっと話がしたいって気分さ。
カケル　話じゃなくて、脅迫だろう？

マサムネ　手を下ろすな！
ジャコウ　脅迫だなんて人聞きが悪い。我々は紳士的な取引をお願い申し上げておる。
カケル　取引？
ジャコウ　経済の原則に従った等価交換さ。おまえの命と、おまえのクレジット。
カケル　両方、僕のものじゃないか。
マサムネ　そうかな？（とカケルの顔に銃を突きつける）
カケル　これが紳士のやり方か。
ジャコウ　あくまでも話し合いによる解決を望んでおる。
カケル　とか何とか言っちゃって。クレジットを巻き上げた途端に、僕を殺して口を封じるつもりだろう。
ジャコウ　そんな汚いやり方、まるで海賊じゃないか。
カケル　海賊なんだろう？
ジャコウ　そうだ、私は海賊だ。しかし、海賊にもいろいろある。金より血を好むヤツ。血より破壊を好むヤツ。そんなバカどものおかげで、海賊の名は地に堕ちた。我々は違う。海賊はビジネスと考えておる。税金だってちゃんと払ってる。
カケル　殺して奪った金だろう？
マサムネ　殺しはしない。おまえが素直に取引に応じればな。
カケル　ノーと言ったら？
マサムネ　言うはずがない。命よりクレジットを選ぶバカはいない。

カケル　それでもノーと言ったら？
マサムネ　バカかおまえは。
カケル　イエスって言いたくても言えないんだ。持ってないんだから。億万長者は昨日だけ。今日は元の、ただの羊飼い。
ジャコウ　どういう意味だ？
カケル　使っちまったのさ、クレジット。
マサムネ　まさか、全部？
カケル　そう、全部。
ジャコウ　連邦予算の十一年分を、たったの一日でか？
マサムネ　誰だ！（と背後に銃を向ける）

そこへ、夕顔が飛び出す。

夕顔　カケル君。
カケル　お姫様！　こんな所で、何をしてるんですか。
マサムネ　動くな！（とカケルに銃を向ける）
夕顔　会いたかったわ、カケル君。でも、詳しい話をしてる暇はないの。あなた、海賊ジャコウでしょう？
ジャコウ　そう言うおまえは。

夕顔　黙って聞いて。今、プラットホームに広域宇宙警察の船が着陸しました。所属は対海賊課。
マサムネ　海賊課？
ジャコウ　（夕顔に）まさか、ダイゴとヤマアラシか？
夕顔　（うなずく）
カケル　逃げるぞ。海賊より恐ろしいヤツが現れた。
ジャコウ　海賊にも怖いものがあるのか？
ジャコウ　あいつらだけは別格だ。触らぬヤマアラシに祟りなし。
夕顔　急いで！　来るわ！

ジャコウが走り去る。マサムネがカケルの腕をつかみ、走り去る。反対側から、ダイゴ・ヤマアラシが飛び出す。二人とも、手に銃を持っている。

ダイゴ　エレベーターは。
ヤマアラシ　上りだけだ。下りは作動してない。
ダイゴ　上りが赤で、下りが青だぞ。
ヤマアラシ　わかってるよ。前にも来たことがある。
ダイゴ　おかしいな。ジャコウのヤツ、確かにこっちへ来たはずなんだが。
ヤマアラシ　途中にレストランがあったろう。そこで、朝飯でも食ってるんじゃないか？　俺、探してくる。

ヤマアラシ 行ってもいいが、五分以内に戻ってこないと、撃ち殺すぞ。

ダイゴ どうして。

ヤマアラシ おまえの目的はジャコウじゃなくて、朝飯だからだ。

ダイゴ ダイゴ、おまえ、俺の心が読めるのか？

ヤマアラシ バカ。何年付き合ってると思ってるんだ。

ダイゴ だったら、止めても無駄だってことも、よくわかってるよな？　大丈夫だよ。五分あれば、カレーライス五杯は食える。

ヤマアラシ それは俺も認める。しかし、おまえはどうしてコックが作る時間を計算に入れないんだ。

ダイゴ あれ？

夕顔が泣いている。ダイゴ・ヤマアラシが歩み寄る。

ダイゴ どうしたんです、お嬢さん。

ヤマアラシ (夕顔に) 腹が減ったのか？

ダイゴ バカ。腹が減っただけで、大の大人が泣くか。

ヤマアラシ 俺は泣くけどな。

夕顔 今、黒い服の二人組が。

ヤマアラシ ジャコウだ！

ダイゴ　（夕顔に）やっぱり、こっちへ来ましたか。
夕顔　銃で脅して、私の連れを。
ダイゴ　連れ去ったんですか？
ヤマアラシ　連れを連れ去ったのか！
ダイゴ　（夕顔に）で、ヤツらはどこへ行ったんです。
夕顔　エレベーターで、下へ。
ダイゴ　ヤマアラシ！
ヤマアラシ　そんな、俺はちゃんと——
ダイゴ　そうか。おまえはニュータイプなんだ。赤と青の区別がつかない。
ヤマアラシ　そうさ、だけど今は——
ダイゴ　急げ！　最高速で降りて、下で待ち伏せするんだ！
ヤマアラシ　待てよ、俺の話も——
ダイゴ　早くしろ！

ダイゴがヤマアラシを引っ張り、エレベーターに飛び乗る。反対側から、ジャコウ・マサムネ・カケルが戻ってくる。

マサムネ　なかなか上手な芝居だったな。
夕顔　すぐに戻ってきますわ。今のうちに逃げないと。

ジャコウ　そうしよう。（と歩き出す）

夕顔がカケルの手を引っ張り、自分の後ろに隠す。

マサムネ　何のつもりだ。
夕顔　もうこの方に用はないでしょう？
ジャコウ　まだ話が終わってない。
夕顔　クレジットは一銭も持ってないのよ。（カケルに）そうでしょう？
カケル　ええ。
夕顔　（ジャコウに）文無し相手に、ビジネスが成立する？
マサムネ　立ち聞きしてたのか。
夕顔　立ち聞きなんてはしたない。ちゃんとここに（とカケルの上着に手を伸ばして）、盗聴マイクを仕掛けておきましたの。
カケル　いつの間に。
ジャコウ　（夕顔に）貴様も海賊か。
夕顔　イヤだわ。私がそんな下賤の者に見えまして？
マサムネ　下賤とは何だ、下賤とは。
夕顔　すぐに大きな声を出す。そういう野蛮な態度が下賤なんです。
マサムネ　気取りやがって。自分はお姫様のつもりか。

カケル　お姫様なんですよ。
マサムネ　え？
夕顔　衛星タイタンの王女、夕顔です。
ジャコウ　その姫君が何の用だ。
夕顔　（カケルに）あなたを追いかけて、火星からやって参りましたの。あなたに一言だけ、言いたいことがあって。
カケル　何ですか？
夕顔　結婚してください。
カケル　は？
夕顔　女の口から二度言わせないで。
カケル　僕はただの羊飼いですよ。身分が釣り合わないでしょう。
夕顔　またまた。私、知ってますのよ。あなたが今朝、全財産をはたいて買ったものを。
ジャコウ　何を買ったんだ？
夕顔　地球です。
マサムネ　地球？
夕顔　買うことのできるすべての土地。正確には、地球の陸地の三十パーセント。それだけ手に入れれば、あなたはもう羊飼いじゃない。地球の王様よ。
ジャコウ　そうと聞けば、話は別だ。カケル、こっちへ来い。
夕顔　わからない人ね。この人はもう文無しなのよ。

ジャコウ　金のかわりに土地があるだろう。
夕顔　海賊には必要ないものでしょう？
ジャコウ　売れば金になるだろう。
夕顔　金金金っていやらしい。
マサムネ　自分はどうなんだ。いきなり結婚してくれなんて、金が目的じゃないのか？
夕顔　愛よ。一目会ったその日から、愛してしまったの。
マサムネ　地球の王様だって、わかった時からだろう？
夕顔　ゲスな勘繰りはやめて！
ジャコウ　騒々しい姫君だな。大きなお口がいい的になる。マサムネ。
　（夕顔に銃を向ける）
夕顔　（口を手で隠して）無礼者！
マサムネ　これが海賊のやり方だ。カケル。早くこっちへ来ないと、姫君の首が吹っ飛ぶぞ。
ジャコウ

　そこへ、ダイゴ・ヤマアラシが飛び出す。

ダイゴ　手を挙げろ、ジャコウ！
ジャコウ　貴様ら、どうしてこんなに早く。
ダイゴ　降りなかったのさ。お姫様の嘘泣きに騙される海賊課じゃない。
マサムネ　動くな！　撃つぞ！（と夕顔に銃を向ける）

ヤマアラシ　どうぞ。
マサムネ　どうぞ？
ヤマアラシ　撃っていいよ。そしたら、今度は俺が撃つから。
マサムネ　こいつが死んでもいいのか？
ダイゴ　多少の犠牲はつきものだ。一人の命を助けるためにおまえらを逃がしたら、次には千人の命を奪うだろう。一人で済むなら上出来だ。
夕顔　私はどうなるの？
ダイゴ　あんたの遺族に補償金がどっさり出る。安心して死んでくれ。
夕顔　それでも刑事？
カケル　まるで海賊だ。
ヤマアラシ　海賊じゃなくて、海賊課。「カ」が一つ多いからね。
カケル　やることは同じだろう。
ジャコウ　（ダイゴに）こうして撃ち合うのは、二度目だな。
ダイゴ　今度はきっちり勝負をつけるぜ。
マサムネ　ジャコウ！
ジャコウ　下がってろ！　ビジネスに、一か八かはつきものだ。

登場人物の動きが止まる。そこへ、諸星が飛び出す。

諸星

二つの銃が光を放つ！　ジャコウとダイゴ、宿命の対決！　最後に笑うのは海賊か刑事か！　マサムネとヤマアラシも、やる気満々だ！　こうして物語は怒濤のようにクライマックスへ突入する！　カケルはどうして地球を買ったのか？　突然結婚を申し込んできた姫君の正体は？　はたして地球の運命はいかに？　スペース・アドベンチャー巨編『流星ナイト』！　いよいよ次回は感動の最終回だ！　乞うご期待！　ピンポン！

カケル・夕顔・ダイゴ・ヤマアラシ・ジャコウ・マサムネが去る。

諸星　ピンポーン。のはら先生。のはらさん。いるんでしょう？　わかってるんですよ、バイクが置いてあったんだから。開けてくださいよ。開けてくれないと、非常手段に訴えますよ。非常手段で入りますからね。体をグニャグニャにして、鍵穴から流し込むんですよ。できないと思ってるでしょう？　できませんよ、そんなこと。早く開けてくださいよ。お願いしますよ。ダメですか？　こんなに頼んでも、ダメですか？　それなら結構。こういう時のために、合鍵を作っておいたんですよ。ガチャガチャガチャリ。

諸星がドアを開ける。そこへ、のはらが飛び出す。

のはら　こらこらこら！

諸星　やっぱりいるんだから。

のはら　いつの間に作ったの？

諸星　先月、留守番をやらされたでしょう？　その時。

のはら　黙って作るなんてひどくない？

3

諸星　言っちゃったら、鍵をかえるでしょう。
のはら　女の子の部屋なのよ。
諸星　女の子の部屋っていうのはね、もっとキレイで清潔です。
のはら　うるさーい！　まさか、悪用してないでしょうね？
諸星　悪用って？
のはら　欲求不満の独身男がしそうなことよ。
諸星　してませんよ。使ったのは、これが初めてですよ。漫画家はすぐに居留守を使うから、合鍵だけは早いうちに作っておけって。やっぱり、先輩の助言は役に立つ。

先輩に言われたんですよ。

のはら　いいわよ。すぐにかえるから。
諸星　そしたら、また作りますよ。
のはら　作らせないよ。
諸星　ところで、話を本題に戻しましょう。先生が、なぜ居留守を使ったのかということです。
のはら　聞こえなかったのよ、熟睡してたから。
諸星　ほう、熟睡。真っ昼間から。
のはら　昨夜は徹夜だったの。
諸星　とすると、仕事の方も大分進んだわけですね？　何枚できたんです？
のはら　何枚だと思う？
諸星　クイズじゃないんですよ。四十五枚。

のはら　そんなにできてたら、ドアを開けるわよ。
諸星　四十枚？
のはら　楽観的すぎると思う。
諸星　まさか、半分行ってないんじゃないでしょうね？　締切は四時なんですよ。
のはら　奥の手があるじゃない。作者急病により休載致します。
諸星　今さら手遅れですよ。かわりの原稿、誰にも頼んでないんだから。
のはら　穴が開いちゃうわけ？
諸星　全部、僕の責任になります。
のはら　ゴメンね。
諸星　締切破ったこと、一度もないって聞いてたのに。
のはら　私もそれだけが自慢だったの。
諸星　先生ならいちいち催促しなくても大丈夫だろうって、気を許したのがいけなかった。
のはら　ちょっとした油断が死を招くのよね。
諸星　で、本当は何枚できたんです。
のはら　ゼロ。
諸星　ゼロ！　ネームは。
のはら　全然。
諸星　全然！　てことは、なーんにもできてないってわけだ。
のはら　そう、なーんにも。

諸星　マジ?
のはら　マジ。
諸星　ホント、マジ?
のはら　マジ。ホンマジ。マジの開き。
諸星　バカ!　大バカ者!　あなた、それでも漫画家ですか。プロとして、恥ずかしくないんですか。いや、それ以前に、人間としての生き方の問題だ。何してたんです、この一カ月。食う寝る太るだけですか。
のはら　描こうとはしたのよ。
諸星　でも、描いてないでしょう。
のはら　だって、送ってこないんだもん。
諸星　は?
のはら　ネームが送られてこないの。
諸星　ちょっと待ってください。ネームって、送られてくるものなんですか?
のはら　オーストラリアからね。
諸星　ちょっと待ってください。ネームって、オーストラリアで輸出してるんですか?
のはら　新婚旅行なのよ。
諸星　ちょっと待ってください。ネームって、新婚旅行へ行くんですか?
のはら　バカ!　大バカ者!　新婚旅行に行ってるのは、お姉ちゃんの夫婦。先週、結婚したでしょう?

諸星　えーえー、隣の部屋の望月さんと……。わかった！　まさか！　本当に？

のはら　ここに引っ越してきてからずっと。

諸星　そうか。そうだったのか。絵はあんまり巧くないけど、ストーリーは買ってたのに。そのストーリーも、のはらさんが考えたんじゃなくて。

のはら　どうして主人公がいつも男の子か、わかったでしょう？

諸星　男の気持ちがわかるのは、作者が男だから。

のはら　飛行機の中で考えて、向こうに着いたら、FAXするって言ったのに。

諸星　ホテルに電話しましたか？

のはら　とっくにしたわよ。したけど、出ないの。十回かけて十回とも。

諸星　十一回かけたらどうです。

のはら　十回目は、諸星君が来るちょっと前にかけたの。新婚ボケで、ネームのことなんか忘れてるんだ。望月のバカ！

諸星　バカ！　大バカ者！

のはら　おまえのおかげで、こっちは大変なんだぞ。一人で幸せに浸りやがって。言っとくけどね、おまえが浸ってる幸せはニセモノだぞ。ウチのお姉ちゃんは、男を騙す名人なんだ。本当は、テレビ見ながらオナラして、「くっさーい」って笑う女なんだよ。

諸星　言ってて空しいでしょう？

のはら　うん。

諸星　少し冷静になって、善後策を考えましょう。

のはら　善後策って？
諸星　原稿をどうするかですよ。
のはら　まだ諦めてなかったの？
諸星　諦めるわけないでしょう？　何が何でも五十枚、描き上げてもらいますからね。
のはら　無理よ。締切は四時でしょう？　あと一時間しかないじゃない。
諸星　印刷は明日です。まだ一晩あります。
のはら　一晩で五十枚？
諸星　人間、死ぬ気になれば何でもやれます。
のはら　ネームもないのに？
諸星　自分で考えるんですよ。考えながら書くんです。
のはら　できるわけないいじゃない。
諸星　何言ってるんですか。あなた、作者でしょう？
のはら　絵だけの作者よ。ネームは全部、お任せしてるんだから。
諸星　お任せなんかしてるから、こういうことになるんですよ。いいですか、のはらさん。実際はともかく、『流星ナイト』の作者はあなたなんです。少なくとも、読者はそう思ってます。話の続きを待ってる読者のために、ない知恵を絞って考える義務があるんです。
のはら　考えたわよ、死に物狂いで。でも、ダメなの。今回が最終回でしょう？　いろんな話を一つにまとめて、ハッピーエンドにしたいじゃない。だけど、私の頭じゃ、どうやってもまとまらないのよ。

諸星　まとまりますよ。望月さんは、ちゃんとまとまるように考えていたはずなんだ。

のはら　私には、何にも教えてくれなかったの。

諸星　だったら、あなたの好きにすればいい。あなたの漫画なんだから。

のはら　お願い。一回だけお休みにしてよ。もう一カ月あれば私だって

諸星　あー、もうつべこべ言わない。時間の無駄だ。明日の夜明けがリミットなんだから。ペンを持って集中。ベタは僕が塗りますから。

のはら　ネームを考えるのも、手伝ってくれる？

諸星　すぐ他人に頼る。

のはら　ね、お願い、諸星君。

諸星　甘えた声を出しても、かわいくない！

4

ダイゴ・ヤマアラシが飛び出す。

ダイゴ　手を挙げろ、ジャコウ！

そこへ、ジャコウ・マサムネ・夕顔・カケルが飛び出す。

ジャコウ　貴様ら、どうしてこんなに早く。
ダイゴ　降りなかったのさ。お姫様の嘘泣きに騙される海賊課じゃない。
マサムネ　動くな！　撃つぞ！（と夕顔に銃を向ける）
ヤマアラシ　どうぞ。
マサムネ　どうぞ？
ヤマアラシ　撃っていいよ。そしたら、今度は俺が撃つから。
マサムネ　こいつが死んでもいいのか？
ダイゴ　多少の犠牲はつきものだ。一人の命を助けるためにおまえらを逃がしたら、次には千人の命を奪うだろう。一人で済むなら上出来だ。安心して死んでくれ。

夕顔　私はどうなるの？

ダイゴ　あんたの遺族に補償金がどっさり出る。

夕顔　それでも、刑事？

カケル　まるで海賊だ。

ヤマアラシ　海賊じゃなくて、海賊課。「カ」が一つ多いからね。

カケル　やることは同じだろう。

ジャコウ　（ダイゴに）こうして撃ち合うのは、二度目だな。

ダイゴ　今度はきっちり勝負をつけるぜ。

マサムネ　ジャコウ！

ジャコウ　下がってろ。ビジネスに、一か八かはつきものだ。

登場人物の動きが止まる。

諸星　それから？　続きはどうなるんです？　のはらさん！

のはらがペンを動かす。と、三太夫が飛び出す。銃と大きな袋を持っている。

三太夫　姫様！（と夕顔に銃を渡す）

諸星　（のはらに）何ですか、この男は？
夕顔　ありがとう、三太夫！　皆さん、形勢逆転ですわよ。（とカケルの頭に銃を突きつける）
カケル　お姫様！
ダイゴ　（夕顔に）何のつもりだ！
夕顔　動かないで！　さすがの海賊課も、この方を殺されたら困るんじゃなくて？
ヤマアラシ　別に。（ダイゴに）困らないよな？
夕顔　宇宙一の納税者よ。上の方から、何か言われてるでしょう？
ヤマアラシ　（ダイゴに）言われてたっけ？
ダイゴ　（夕顔に）まさか、その男はカケルなのか？
夕顔　そういうこと。三太夫、皆さんから銃をいただいて。
三太夫　は。（とジャコウに近寄り）すいませんね。後で必ずお返ししますから。

三太夫がジャコウから銃を取り上げ、袋に入れる。以下、ダイゴ・マサムネ・ヤマアラシの順に回っていく。

諸星　緊張感がまるでない！
のはら　仕方ないのよ。こういうことには慣れてないから。
諸星　姫君の従者なら、もっと腕っぷしの強そうなヤツにすればいいのに。
のはら　そういう人もいたんだけど、みんな辞めちゃったのよね。

マサムネ　（三太夫に）このままで済むと思うなよ。
夕顔　ごめんなさいね。こんな所で撃ち合いをされたら、危ないもの。
ジャコウ　高貴な生まれとは思えない、じゃじゃ馬ぶりだな。
夕顔　愛する人のために必死なのよ。
ダイゴ　公務執行妨害の上に、誘拐だぞ。指名手配にしてやる。
夕顔　あら、ご存じない？　私、とっくに指名手配になってますの。
カケル　あなた、本当にお姫様なんですか？
夕顔　恋の奴隷よ。それでは皆さん、ごきげんよう。
三太夫　銃は下に置いときますから。

夕顔・カケル・三太夫がエレベーターに飛び乗る。

マサムネ　クソー！
ダイゴ　ヤマアラシ、後を追うぞ。
ヤマアラシ　こいつらは？
ダイゴ　今朝、チーフから指令があったろう。「自分の命を犠牲にしても、カケルの命を守れ」って。
ヤマアラシ　せっかく追いつめたのに。
ジャコウ　またすぐに会えますよ。その時まで、くれぐれも命を大切に。

ダイゴ　おまえもな。ヤマアラシ！

ダイゴ・ヤマアラシがエレベーターに飛び乗る。

マサムネ　どうするんだ、ジャコウ。

ジャコウ　一度火星へ戻る。

マサムネ　何のために。

ジャコウ　何のために地球を買った。あの男、ただの成り金じゃない。

ジャコウ・マサムネが走り去る。

諸星　ちょっと待ってください。何ですか、この展開は。

のはら　文句あるの？

諸星　夕顔はお姫様でしょう？　どうしてカケルを誘拐するんです。

のはら　もともとはお姫様だったけど、今は指名手配中の悪人なの。

諸星　どんな悪いことをしたんです。

のはら　結婚詐欺。

諸星　ムチャクチャだ。夕顔は悲劇のヒロインなんですよ。祖国を追われて宇宙をさまよう、かわいそうな女の子なんだ。

のはら　かわいそうな女の子が、盗聴マイクなんか仕掛ける？　それは、カケルの身の安全を慮ってですよ。いつ海賊に狙われるか、わからないし。

諸星　違うわよ。カケルの後を追いかけて、色仕掛けで口説こうって腹だったの。

のはら　勝手に性格を歪めないでください。だいたいね、夕顔の顔って、回を追うごとに変わってきてませんか？　最初の頃に比べると、十歳ぐらい老けてますよ。

諸星　そう？

のはら　初登場の時は、バック一面に薔薇の花が咲き乱れてたのに、今じゃ何にもなし。

諸星　あれって、結構めんどくさいのよね。

のはら　挙げ句の果てに、結婚詐欺師でしょう？　のはらさん、『流星ナイト』って、カケルと夕顔のラブ・ロマンスじゃなかったんですか？

諸星　スペース・アドベンチャーよ。一人の若者が様々な冒険をして、大人に成長する物語。

のはら　恋は？

諸星　恋は大人になってから。

のはら　あの、のはら先生。せっかく続きを描き始めたのに、水を差すようで悪いんですけど、思いつきで話を作るのはやめませんか？

諸星　思いつきとは何よ。私は私なりにちゃんと考えてるのよ。

のはら　じゃ、一つ質問します。カケルは地球へ何を探しに来たんですか。

諸星　それは……。

のはら　やっぱり何も考えてないんだ。

のはら　あ、そうだ。前の前の回に出てきた、百年前の古文書。
諸星　地下室で見つけたヤツ？
のはら　実は、あれが重要な伏線だったのよ。
諸星　本当かな。
のはら　なんか調子が出てきたな。もしかしたら、本当に五十枚、描けちゃうかもよ。
諸星　描いてもらわなくちゃ困るんですよ。
のはら　諸星君、今、描いた分、ベタ塗って。よし、続き、行ってみようか。
諸星　あんまりムチャクチャにしないでくださいね。
のはら　その前に、おやつ。
諸星　のはらさん！

のはらが走り去る。後を追って、諸星が走り去る。

5

夕顔・三太夫・カケルがやってくる。カケルは本を持っている。

三太夫 姫様！（と泣く）

夕顔 （カケルに銃を向けたまま）何ですか、三太夫。男のくせに。

三太夫 三太夫は悲しゅうございます。

夕顔 泣きたいほどに悲しくても、奥歯をかみしめグッと堪える。それが男というものでしょう。男が泣いていいのは、雨の中だけ。

三太夫 三太夫の心の中は土砂降りでございます。

夕顔 また私のせい？

三太夫 私が不甲斐ないばっかりに、姫様に辛い思いをさせて。

夕顔 そんなことはないわ。おまえはよくやってくれています。

三太夫 姫様が何不自由なくお暮らしになれるよう、身の回りのお世話を致しますのが従者の務め。それが今では、姫様に養っていただいているような体たらく。私がもっとしっかりしていれば、タイタンにいた頃と変わりない、王女らしい生活をさせてあげられますものを。

夕顔　忘れましょう、タイタンのことは。

三太夫　ああ、情けない。これでは色男と同じでございます。金と力はなかりけり。

夕顔　誰が色男だって？

三太夫　しかし、姫様。いくら生活のためとは言え、何もここまですることはございませんでしょう。

夕顔　ここまでとは？

三太夫　お輿入れ前のうら若き姫君が、男をかどわかすとは。

夕顔　三太夫、おまえまでがそんなことを言うの？　私がお金のためにこの方を誘拐したと？

三太夫　三太夫に嘘は通りませんぞ。

夕顔　嘘ではないわ。本当に愛してしまったの。火星の街角で、二人の目と目がバチバチッて合ったその時から、心は今でも早鐘のよう。

カケル　そのわりに、ひどい扱いですね。

夕顔　あら、ごめんなさい。（と銃を下ろし）私ったら、すっかり……。

三太夫　何をしてるんですか？

夕顔　モジモジしてるのよ。

三太夫　やめてください、気持ち悪い。

夕顔　やかましい！

カケル　やっぱり、あなたは本当のお姫様だったんですね。

夕顔　あら、疑ってらっしゃったの？
カケル　だって、普通、お姫様って言ったら、もっとおしとやかなイメージでしょう。白雪姫とか、オーロラ姫とか。
夕顔　嵐の中で震える小枝ね。誰かが守ってあげなくちゃ、今にも折れてしまいそう。
カケル　だから、王子様が白馬に跨がって駆けつけるんです。
夕顔　私もタイタンにいた頃はそうでした。
三太夫　それが今では、二人分の食い扶持を稼ぎ出すたくましさ。
夕顔　おまえは少し黙ってて。
カケル　どうしてタイタンを？
夕顔　よくある話よ。圧政、重税、革命、落城、王と王妃は処刑、王女は従者と緊急ロケットで脱出。自分ではお姫様なんて言ってるけど、タイタンに戻れば悪魔の娘。すぐに捕まって殺されます。
カケル　あなたに罪はないでしょう。
夕顔　あってたまるもんですか！
三太夫　でも、贅沢はお好きでしたね。毎年、お誕生日のたびに、「それ、打ち上げ花火だ！」って火山を噴火させるんです。溶岩に家を流された人たちは、みんな泣いてました。
カケル　恨まれて当然ですね。
夕顔　だから、逃げてきたのよ。あの時、もっと金目の物を持ち出していれば、こんな苦労はなかったのに。

三太夫　身につけていた衣類や宝石を売り払っても、大したお金にはなりませんでした。それを使いきる頃には、十一人いた従者も一人消え、二人去り……。

夕顔　残ったのは、三太夫ただ一人。

三太夫　私は、物心ついた時から姫様の従者でした。死ぬまで姫様にお仕えしとうございます。

夕顔　そう言ってくれるのはおまえだけよ。そんなおまえに、ほんの少しでも生活力があれば……。

三太夫　情けない！

夕顔　とうとうお金がなくなって、火星の街角をトボトボ歩きながら、ふと見上げると、夜空は星でいっぱい。三太夫、あの星は？

三太夫　地球でございます。

夕顔　私は地球に願いをかけました。今よ。今こそ王子様が白馬に跨がって駆けつけるタイミングよ。

三太夫　私も一緒に祈りました。

夕顔　でも、王子様は来なかった。話が違うじゃない。白雪やオーロラの所には来て、どうして私の所には来ないの？

三太夫　たぶん、何かが決定的に違うんでしょう。

夕顔　何かって何よ。

三太夫　姫様以外の人はみんな知ってます。

夕顔　（カケルに）何？

カケル　僕にはさっぱり。
夕顔　とにかく、私は決心しました。王子様が来てくれないなら、私の方から探しに行こうって。そして、ついに見つけたの。カケル君、あなたを。
カケル　どうして僕なんですか？
夕顔　だって、あなた、地球の王様でしょう？
カケル　僕は王様でも王子様でもない。ただの羊飼いです。
夕顔　ただの羊飼いが、どうして土地を買い占めたの？　王様になりたかったからじゃないの？
カケル　違いますよ。ただの探し物です。
夕顔　探し物って？
カケル　あなたが王子様を探しているように、僕にも探し物があるんです。そいつが見つかったら、買い占めた土地は全部売るつもりです。
夕顔　そんな、もったいない。
三太夫　（カケルに）地球を買ってまで見つけたいものって、一体何ですか？
カケル　それは、ここに描いてある。（と本を差し出す）
夕顔　（本を受け取り）何、これ？
三太夫　本でございますよ。今時珍しい。
夕顔　本て何？
三太夫　情報を紙に印刷して、綴り合わせたものです。

夕顔　あら、本当。紙の上に、絵や文字が描いてある。

三太夫　（カケルに）大分古いもののようですね。

カケル　百年以上前のものです。最初のページを開いてみてください。

夕顔　（本をめくり）まあ、キレイ。ここだけカラーになってる。

三太夫　（カケルに）このページが何か？

カケル　僕が探してるのは、その景色なんですよ。

三太夫　景色？

夕顔　あら、エレベーターのスピードが落ちてきたわ。

カケル　エレベーター？　ここはエレベーターの中なんですか？

夕顔　決まってるじゃない。さあ、いよいよ地上に到着よ。

三太夫　地上じゃなくて、海上ですよ。トーキョーベイ・シティーは。

夕顔・三太夫・カケルがエレベーターから降りる。そこへ、冒進・揚飛が飛び出す。冒進が夕顔の銃を奪う。

夕顔　何するの？

冒進　手を挙げて！　早く！

三太夫　何だ、おまえら。藪から棒に。

揚飛　あなた、カケル君でしょう？

カケル　君たちは？
揚飛　いいから、こっちへ来て！
夕顔　（冒進に）ガキのくせして、そんな危ない物を振り回すんじゃないの。
冒進　ガキとは何よ、ガキとは。
三太夫　そうですよ、姫様。はしたない。
夕顔　三太夫、何とかして。
三太夫　ほら、君たち。おじさんの指先を見てごらん。グルグル回ってるだろう？　だんだん眠くなる。だんだん眠くなる。だんだん……。
夕顔　おまえが眠くなってどうするの。
三太夫　と油断させておいて（と袋の中から銃を取り出し）、お嬢ちゃんたち、カケルさんをこっちに渡してもらおうか。
揚飛　行こう、カケル君。
三太夫　止まれ！　止まらないと撃つぞ！
冒進　こっちも撃つよ。
三太夫　あ、そうか。
夕顔　やっぱり役に立たない。
カケル　（揚飛に）どこへ連れていくつもりだ？
揚飛　君が地球に着いたら、一番最初に行きたいと思っていた所。冒進！
冒進　（三太夫に）再見！

カケル・揚飛・冒進が走り去る。

三太夫 情けない……。

そこへ、ダイゴ・ヤマアラシが飛び出す。

ダイゴ 手を挙げろ、三太夫！
ヤマアラシ 銃もないのに、偉そうに。
ダイゴ 手を挙げないと、レイザーより速くぶん殴るぞ。
ヤマアラシ しぶとい性格だな。そんな脅しで手なんか、……挙げてるよ。
ダイゴ 気合の勝利だ。（と三太夫の手から銃を取る）
ヤマアラシ あれ、カケルがいないぞ。
ダイゴ そう言えばそうだな。（三太夫に）おい、どこに隠した。
三太夫 連れ去られました。二人組のお嬢ちゃんに。
ヤマアラシ 誘拐した人間を、誘拐されたのか？
ダイゴ （三太夫の手から袋を取り）これだけ銃を持ちながら、なんてマヌケだ。とりあえず、公務執行妨害と誘拐未遂で逮捕する。
夕顔 逮捕だなんてひどいわ。私はカケル君を助けたい一心でやったのよ。

ヤマアラシ　嘘つけ。カケルをたぶらかして、有り金全部、巻き上げようって魂胆だったんだろう。
夕顔　今度は本気よ。
三太夫　三太夫に嘘は通りませんぞ。
夕顔　どうして誰も信じてくれないの？
ダイゴ　言い訳は警察で聞こう。
夕顔　三太夫、おまえが行っておいで。
ダイゴ　おまえも行くんだよ。
夕顔　私は愛する人を追いかけます。
ヤマアラシ　連れ去られたんだろう、カケルは。
夕顔　こういう時のために、盗聴マイクを仕掛けておいたんです。（とレシーバーを取り出す）
ダイゴ　それは、さっき外したろう。
夕顔　外したのは一つだけ。
ヤマアラシ　二つ付けたのか？
夕顔　一つ二つなんて貧乏臭い。あの方の体中に仕掛けまくりましたの。
三太夫　さすが姫様、抜け目がない。
ダイゴ　（夕顔に）レシーバーをよこせ。
夕顔　ただで？
ダイゴ　警察をゆするつもりか？
夕顔　取引ですわ、あくまでも。

ヤマアラシ　よし、逮捕は見逃そう。

ダイゴ　ヤマアラシ！

ヤマアラシ　俺たちゃ、海賊課だぜ。結婚詐欺師なんか捕まえたって、仕方ないだろう。それに、チーフからの指令。

ダイゴ　「自分の命を犠牲にしても、カケルの命を守れ」か。クソー！

夕顔　（レシーバーに耳をあてて）レイル・カーに乗ってるわ。行き先は西。

三太夫　西と言ったら、ヨコスカ・シティーです。

ヤマアラシ　行こう、ダイゴ。

ダイゴ　思い出した。俺は前にも、カケルに会ってるぞ。

ヤマアラシ　いつ、どこで。

ダイゴ　昨日、火星のセントラル・ステーションで。

夕顔・三太夫・ダイゴ・ヤマアラシが走り去る。

6

のはら・諸星がやってくる。

のはら　夕ごはん、まだ？
諸星　このシーンが描き終わってから。
のはら　えー？　おなかが――
諸星　それ以上歌ったら、顔にベタを塗りますよ。で、このシーンは何ですか？
のはら　回想シーンよ、ダイゴの。
諸星　なるほど。さては、行き詰まりましたね？　漫画家っていうのは、すぐにこの手を使うんだ。困った時の回想シーンて。
のはら　私の場合は違います。たったの三時間で八枚も描いたのよ。いよいよ調子が出てきたって感じ。
諸星　だったらいいですけど、あんまり調子に乗り過ぎるのもどうかと思うな。
のはら　どういう意味よ。
諸星　辻褄の合わないところがあるんですよ。気づいてないんですか？

のはら　どこどこどこ？
諸星　カケルの本ですよ。あんなの、エレベーターに乗るまで、持ってなかったでしょう。
のはら　ああ、あれはいいの。後で描き足すから。
諸星　ずるい。じゃ、夕顔の性格は？　ますます歪んできたじゃないですか。
のはら　もう、いちいちうるさいな。

のはらがペンを動かす。と、ジャコウ・マサムネが飛び出す。

ジャコウ　カケルは。
マサムネ　確かにこっちへ来たはずだ。いたぞ！

マサムネが諸星に駆け寄る。

マサムネ　大空牧場のカケルだな？
諸星　わあっ！　どうして僕を出すんですか！
のはら　適当な顔がないのよ。モデルに使わせて。
マサムネ　こっちを向け、カケル。
諸星　僕はカケルじゃありませんよ。
マサムネ　いや、おまえに間違いない。

諸星　人違いですよ。僕は諸星と言いまして、別ドリの編集をやってます。これ、名刺。（と名刺を差し出す）

マサムネ　（受け取って）別ドリ？

諸星　別冊ドリーミング。読んだことありませんか？　あるわけないですよね。

のはら　バカ。

諸星　もっとまともな科白を言わせてください！

ジャコウ　別人のようだな。

マサムネ　おかしい。移民ファイルで見たのは、確かにこの顔なんだが。

ジャコウ　急げ。海賊課が来るぞ。

ジャコウが走り去る。

諸星　（のはらに）ひどいじゃないですか。漫画の中なら抵抗できないと思って。僕の足はこんなに短くありません！

のはら　そう？　デフォルメはしてないつもりだけど。

諸星　肖像権の侵害ですよ。本人の許可もなしに。

のはら　次はもっとカッコいい科白を言わせてあげるから。

諸星　足も長くしてくださいね。（マサムネに）あなたはそんな所で何をしてるんですか？

マサムネ　本当にカケルじゃないのか？

諸星　わからない人だな。こんな所でグズグズしてる暇はないでしょう？　ジャコウに怒られますよ。

マサムネ　ジャコウだと？　どうしてその名前を知ってる？

諸星　そりゃ、知ってますよ。有名ですからね。「宇宙で一番強い海賊は？」って聞かれたら、百人が百人ともジャコウって答えますよ。

マサムネ　俺は。

諸星　は？

マサムネ　俺のことは知ってるか。

諸星　マサムネでしょう？

マサムネ　有名か？

諸星　もちろんですよ。ジャコウが強いのは、背中に第三の目があるからだ。それは宇宙の独眼竜・マサムネの目だ。銃を撃たせりゃ、宇宙一。さすがのジャコウもかなわないって評判ですよ。

マサムネ　そうか、そうか。

諸星　海賊課を相手に繰り広げてきた冒険の数々、じっくり聞かせてもらいたいな。

マサムネ　悪いな。今、ちょっと忙しいんだ。（と歩き出す）

と、光が走る。マサムネが銃を落とす。ダイゴ・ヤマアラシが飛び出す。ヤマアラシが銃をマサムネに向ける。ダイゴがマサムネの銃を拾う。

ヤマアラシ　マサムネは三番だぜ。二番がダイゴで、一番が俺。
ダイゴ　おまえが一番だと？　それは、宇宙大食いグランプリの話か？
ヤマアラシ　そんなグランプリ、聞いたことないぞ。どうすれば、出場できるんだ？
ダイゴ　ヤマアラシ、おまえには女としての恥じらいはないのか？
ヤマアラシ　バカにするなよ。俺だって、飯を食い残した時は、恥ずかしいって思うぜ。
ダイゴ　おまえに女らしさを期待した俺がバカだった。（とマサムネに銃を向けて）ジャコウはどこだ。
マサムネ　俺が素直に答えると思うか。
ダイゴ　答えたくないなら、それでもいい。どうせおまえには死んでもらう。
マサムネ　殺せ。どうせ一度は死んだ命だ。
ヤマアラシ　よし、俺が殺してやる。
諸星　ちょっと待ってください。何ですか、あなたたち。人の命を軽々しく。
ダイゴ　人の命じゃない。海賊の命だ。
諸星　海賊だって、人でしょう？
ダイゴ　海賊は海賊だ。生きる権利なんかない。
諸星　ひどいこと言うなあ。命っていうのは、それだけで価値があるんですよ。ことわざにもあるでしょう。
マサムネ　一寸の虫にも五分の魂。

諸星　そう、それ。
ダイゴ　海賊に情けは無用だ。
諸星　情けじゃなくて、モラルでしょう？　道徳でしょう？
ヤマアラシ　難しいこと言うなよ。海賊は殺す。それでいいじゃないか。
諸星　この人は無抵抗なんですよ。警察へ連れてって、裁判を受けさせるべきです。
マサムネ　どうせ死刑だよ。
諸星　知らないんですか？　死刑は五十年も前に廃止されてるんですよ。
ダイゴ　だから、殺すんだ。法律では殺せないから。
諸星　刑事が法律を守らないで、どうするんですか。
ダイゴ　法律が俺たちを守ってくれるか？　海賊どもと撃ち合って、生きるか死ぬかの綱渡りをしている時、裁判官は何をしている。おまえだってそうだ。海賊に撃たれたこともないくせに、モラルがどうの、道徳がどうのなんて抜かすな。殺すか殺されるか、問題はそれだけだ。今、こいつを見逃したら、いつかはこいつに殺されるかもしれない。そうなってからでは遅いんだ。俺は俺の命を守るために、こいつを殺す。
諸星　結局、自分のことしか考えてないんだ。
ヤマアラシ　やけにこいつの肩を持つなあ。おまえも海賊か？
諸星　とんでもない。
ヤマアラシ　じゃ、何者だ。
諸星　つまり、僕はですね……。（のはらに）誰なんですか、僕は？

ヤマアラシの背後に、ジャコウが現れる。

ジャコウ　（ヤマアラシの頭に銃を突きつけて）久しぶりですな、刑事さん。

ダイゴ　ヤマアラシ！（とジャコウに銃を向ける）

ジャコウ　おっと、撃たない方がいい。私は、おまえの相棒の頭を吹き飛ばしに来たんじゃない。取引に来たんだ。（とヤマアラシの手から銃を取る）

ヤマアラシ　ダイゴ、撃て！

ダイゴ　バカ、死にたいのか！

ジャコウ　マサムネ、こっちへ来い。

マサムネ　すまない。

ジャコウ　おまえの命を助けてやるのは、これで二度目だ。三度目があると思うなよ。ことわざにもあるだろう。

マサムネ　三度目の正直。

ジャコウ　惜しいな。

マサムネ　石の上にも三年。

ジャコウ　ちょっとズレたぞ。

マサムネ　三つ児の魂百まで。

ジャコウ　三がつけばいいってもんじゃない。

諸星　仏の顔も三度。
ジャコウ　その通り。おまえを助けてやるのは、それなりに利用価値があるからだ。三度失敗するヤツに、価値が認められると思うな。
マサムネ　わかってる。
ヤマアラシ　汚いぞ、ジャコウ！　正々堂々と勝負しろ！
ジャコウ　汚くて結構。無益な血は流したくないんでね。
ヤマアラシ　嘘つけ！　負けるのが怖いんだろう！
ジャコウ　刑事さん。勝負っていうのは、頭のよしあしで決まるんじゃないんですか？
ヤマアラシ　俺の頭が悪いって言いたいのか？
ジャコウ　だいたいあんたたち、評判悪いですよ。海賊を捕まえるためにやむを得ずとか言って、ビルでも船でもぶっ壊す。刑事ってのは公務員でしょう？　もう少し公共の福祉について、考えてくれないと。
ヤマアラシ　おまえらが抵抗さえしなければ、何も壊さずに済むんだ。
ジャコウ　でしょう？　あんたもこのステーションを壊したくなかったら、下手な抵抗はしないことですな。では。（とヤマアラシを突き飛ばす）
ヤマアラシ　（起き上がって）待て、この野郎！

ジャコウ・マサムネが走り去る。後を追って、ヤマアラシも走り去る。

ダイゴ　おまえは逃げないのか？

諸星　僕が？　どうして？

ダイゴ　おまえもジャコウの仲間だろう。

諸星　違いますよ。僕はコジローと言いまして、（のはらに）コジロー？（ダイゴに）大空牧場で羊飼いをやってます。（のはらに）羊飼いですか？

のはら　いい役でしょう？

ダイゴ　（諸星に）嘘が下手だな。マサムネを殺すのを邪魔したのも、海賊の肩を持って弁舌を振るったのも、ジャコウが来るまでの時間稼ぎだ。すべては演技、貴様は海賊だ。

諸星　違うって言ってるでしょう？

ダイゴ　銃を抜け。つべこべ文句が言えないように、正々堂々と勝負してやる。

諸星　（のはらに）まさか、殺される役ですか？

のはら　どうしようかな。

諸星　いい役にするって言ったのに。ここで殺されたら、バカみたいだ。

ダイゴ　銃を抜け、海賊！

諸星　誰か、助けて！（と走り出す）

諸星の目の前に、カケルが飛び出す。ナイフで諸星に切りかかる。

諸星　うわーっ！　腕を切られた！　刑事さん、助けて！

カケル　刑事？
ダイゴ　貴様、一体何者だ。
カケル　僕は、ただ……。
諸星　血が出てる！　早くお医者さんを呼んで！（とダイゴに抱きつく）

カケルが走り去る。

ダイゴ　おい、待て！
諸星　もうダメだ。死ぬ前に一言だけ言わせてください。しめさば。
ダイゴ　こんな弱いヤツが海賊とは思えんな。（と諸星の腕をつかんで）なんだ、かすり傷か。安心しろ。唾をつけとけば治る。
諸星　そんなあ。

ダイゴが走り去る。

諸星　鬼！　悪魔！
のはら　殺さずに済ませたんだから、ありがたいと思って。
諸星　ありがとう。でも、どうしてカケルが人を刺すんですか？
のはら　あんたが悪人だからよ。

諸星　僕の役は、羊飼いのコジローでしょう？　羊飼いがどうして悪人なんですか？

のはら　だから、コジローっていうのは、流れ者の羊飼いなの。カケルを殺して、全財産を横取りしようとしてるのよ。

諸星　そんなこと、どこにも描いてないじゃないですか。

のはら　後から描き足すから、心配しないの。

諸星　そればっかり。のはらさん、僕に何か恨みでもあるんですか？

のはら　恨みなんて。合鍵のことは何も気にしてないわ。

諸星　気にしてるじゃないですか。のはら先生、個人的な感情は抜きにして、もう少し慎重に。

のはら　はいはい。次のシーンからは丁寧に描きます。

諸星　僕はもう出さないでくださいね。

のはら　はいはい。じゃ、約束通り、夕ごはんを食べてもいいよね？

諸星　時間がないから、カップラーメンで済ませましょう。

のはら　えー？　それじゃ、力がつかないよ。

諸星　たくさん食べたら、眠くなるじゃないですか。まだ三十六枚も残ってるんですよ。

のはら　勝負はこれからだもんね。わかった。我慢する。

諸星　じゃ、僕は出前を取らせてもらいます。景気づけに、お寿司でも頼もうかな。

のはら　鬼！　悪魔！

7

館長が巨大な本を担いでやってくる。表紙には『横須賀ストーリー』と書いてある。館長がポケットからマイクを取り出し、のはら・諸星とともに歌う。

館・の・諸

しめっきりしめっきりもう
しめっきりですか
しめっきりしめっきりもう
しめっきりですか

のはら・諸星が本を開く。関東地方の地図が描いてある。

館長

私の名前は館長。ヨコスカ・シティーの地下街にある、心からの願いの図書館の館長だ。今日は諸君に、私が住んでいるヨコスカ・シティーについて説明しよう。ヨコスカ・シティーが日本の首都になったのは、今から四十三年前の二〇五六年。その年の一月に、関東地方は巨大な地震に襲われた。マグニチュード九、九。最大震度八。二十世紀の末

2099

に起きた、阪神大震災をはるかに上回る大きさだった。震源地の東京都新宿区から半径五十キロが瞬時に陥没。そこへ東京湾の海水がドドッと流れ込んで、日本の首都はアッという間に太平洋の一部になってしまった。政府は、かろうじて被災から免れた横須賀市に首都機能を移転。その後四十三年の間に、ヨコスカ・シティーはかつての東京を凌駕するほどのメガロポリスに成長した。カケルを乗せたレイル・カーも、トーキョーベイ・シティーから西へ向かって——

館・の・諸　ここは横須賀

のはら・諸星がページをめくる。中から、カケル・冒進・揚飛が飛び出す。のはら・諸星・館長が本を担いで走り去る。

カケル　ああ、くたびれた。(と座り込んで)もう足がパンパンだ。

揚飛　後をつけられないように、グルグル回ったもんね。

冒進　(カケルに)足には自信があるって、威張ってたくせに。

カケル　地面の感触が違うんだ。土の上なら、いくら歩いても疲れない。それに、ここには空がないだろう?

冒進　当たり前よ、地下なんだから。

カケル　どうして地上へ出ないんだ?

冒進　交差点のたびに信号待ちしてたら、敵に追いつかれるじゃないか。

カケル　それはそうだけど、どうせ走るなら、やっぱり青い空の下を走りたいな。
揚飛　私たちも、地上へは滅多に出ないのよ。
カケル　どうして？
揚飛　だって、別に用がないから。
カケル　ずっと地下にいたら、息苦しくないか？
揚飛　地上に出たって息苦しいよ。ノーマルばっかりで。
冒進　揚飛！
カケル　そうか。君たちはニュータイプか。
冒進　あ、今、同情したな？
カケル　え？
冒進　私たちのこと、かわいそうなヤツって思っただろう？
カケル　思ってないよ。火星にだって、ニュータイプはいっぱいいるんだぜ。そりゃ、中には変な区別をする人もいるけど、僕は全然気にしてない。
揚飛　本当？
カケル　本当さ。だって、ニュータイプとノーマルと、どこが違うんだ？　周りの景色がモノクロームに見えるだけじゃないか。
揚飛　そうよね？
カケル　そうさ。色がわからなくても、大して困るわけじゃないし。
冒進　困るよ。地上は全部、ノーマル用に作ってあるんだ。交通表示だって、うっかりしてる

カケル　と、とんでもない所へ連れていかれる。
冒進　それは、君がうっかりしてるから。
カケル　ニュータイプは地上に出るなって言いたいんだ。居住区だって地下にしか割り当てないし、学校だって別々だし。
揚飛　怖がってるんだよ、きっと。
カケル　怖がってるって、私たちのことを？
揚飛　ニュータイプの三十パーセントはテレパスだろう？　心の中を覗かれるのが、イヤなんだよ。
カケル　別にいいじゃない。いくら覗かれたって、嘘をついてなければ。
揚飛　嘘をつかない人間なんているかな。
冒進　私は嘘をつかないよ。冒進もつかないよね？
カケル　揚飛にはね。
冒進　君もテレパス？
カケル　違う。小学校の頃までは、母親の考えてることぐらい、わかったけど。
揚飛　で、目的地はまだ遠いの？
カケル　もう着いてるよ。
冒進　え？　それならそうと早く。
カケル　館長さんが出てくるのを待ってるの。
　ここが、地球に着いたら、一番最初に行きたいと思っていた所？

揚飛　火星から連絡したんでしょう？　急いで借りたい本があるって。
カケル　それじゃ、ここが――
冒進・揚飛　心からの願いの図書館！

そこへ、館長が飛び出す。帳簿を持っている。

館長　偉いぞ、冒進、揚飛。今度は期限を守ったな。
冒進・揚飛　館長さん！
館長　（帳簿を開いて）冒進は『北斗の拳』の十三巻か。トキが死んじまったな。泣いたろう、泣いたろう？　私も泣いた。
冒進　あの、館長さん。
館長　（帳簿をめくって）揚飛は『いつもポケットにショパン』の二巻か。きしんちゃんがドイツから帰ってたんだよ。驚いちゃったね。
揚飛　そうじゃなくて、館長さん。
館長　あれ？　君たち、本は？
冒進　実は、いろいろと忙しくて。
館長　あ、そう。まだ読んでないってわけ。
揚飛　私は凄く読みたかったんだけど。
館長　嘘だ。本当に読みたかったら、図書館からの帰り道、歩きながらだって読み始めちゃうんだよ。忙しくて読めないなんて、本の好きな人にはありえない。君たちは、本を愛してないんだ。

揚飛　愛してます。

冒進　（館長に）愛してるから、こうやって毎日通ってるんです。

館長　私はいい。私は我慢できる。しかし、読んでもらえない本はどうだ。借りるだけ借りて放っておかれたら、いくら明るいギャグ漫画だって、淋しがるぞ。

揚飛　本が淋しがりますか？

館長　うるさいなあ。君たちは期限を破っておいて、居直るつもりか？

冒進　破りたくはなかったけど、館長さんに頼まれた仕事があったでしょう？　カケル君を案内してこいって。

揚飛　（館長に）案内してきましたよ。

館長　誰を。

揚飛　だから、カケル君を。

カケル　（館長に）はじめまして。

館長　イヤ！　こっちへ来ないで！

冒進　どうしたの、館長さん？

揚飛　（館長に）おばさんの霊でも乗り移ったの？

カケル　いや、単に頭がおかしくなっただけじゃないか？

館長　黙れ、ニセモノめ！

カケル　は？
館長　冒進や揚飛の目はごまかせても、私の目はごまかせないぞ。赤と青は同じに見えても、白と黒の区別はできる。貴様は黒だ。ニセモノだ。大空牧場のカケルじゃない！
冒進　じゃ、誰なんですか？
館長　私も知らない。教えて！
カケル　カケルですよ、ホンモノの。
館長　証拠はあるのか、証拠は。
カケル　そう言われても、僕は僕なんだから。
館長　証拠がないのがいい証拠。ゲンノショウコは漢方薬。あーこりゃこりゃ。
カケル　あなたには証拠があるんですか？　僕がニセモノだっていう。
館長　もちろんあるもんね。何しろ私は、実際にホンモノに会っちゃってるんだから。
冒進・揚飛　え？
館長　ついさっきまでここにいたんだよ、カケルは。お話までしちゃったんだ。顔だってよく覚えてる。おまえとは似ても似つかない顔だ。ということは、おまえはカケルじゃないし、カケルのお父さんである可能性もない。ましてや、カケルのお母さんである可能性もない。つまり、ニセモノだ。
カケル　先に来た方がニセモノで、後から来た僕がホンモノとは考えられませんか？
揚飛　どういうこと？
カケル　誰かが僕の先回りをして、僕の借りたい本を持っていってしまった。

館長　バカこくでねえ。もしそれが事実だとしたら、私はまんまといっぱい食わされたことになる。
カケル　ニセモノはどんな本を借りていきましたか？
館長　ニセモノはおまえだろう。さっさとごめんなさいして、お家へ帰れ。
カケル　この本は借りていきませんでしたか？（と本を差し出す）
館長　何だ、それは？
冒進　週刊少年ジャンプ。一九九五年の十一号です。
揚飛　（本を取って）『スラム・ダンク』が載ってる！
館長　『ドラゴン・ボール』も！　見せて見せて！
カケル　（カケルに）こんなもの、どこで手に入れた？
館長　地下室を掃除してたら、トランクの中で埃をかぶってたんです。
カケル　この広い宇宙で、本と呼べるものが残ってるのは、ウチの図書館だけだと思ってたのに。僕のひいおじいさんが、火星に入植する時、持ってきたんでしょう。僕だって、これを見つけるまでは、漫画なんて見たこともなかった。
館長　カケル様！
カケル　は？
館長　知らぬこととは言いながら、数々のご無礼、お許しください。すべては皆、カケル様への忠節心から致しましたことにございます。どうか平にご容赦のほどを。
冒進　どうしたの、急にペコペコして。

館長　おまえたちも頭を下げんか。

揚飛　どうして私たちまで？

館長　言っただろう。この図書館も、おまえたちの家も、いや、それだけじゃないぞ。サブウェイも学校もホスピタルも、ヨコスカ・シティーにあるすべてのものが、今日からカケル様のものなんだ。

カケル　まあ、確かにこうやって見ると、ただの田舎者としか思えないけど……。（カケルに）すいません。田舎者だなんて思ってません。ただ、見ようと思えば見えちゃうわけで……。すいません。見ようとなんて思ってません。ただ、見ようと思わなくても見えちゃうわけで……。誰か助けて！

館長　いいですよ。僕はどうせ田舎者です。

揚飛　（冒進・揚飛に）とにかく、我々の命は、今日からカケル様のものなんだ。

冒進　だから、急にペコペコしてるんだ。

館長　カケル君に気に入られなかったら、すぐにクビだもんね。

冒進　カケル君とは何だ、君とは。ニュータイプの分際で生意気だぞ。

館長　自分だって、ニュータイプのくせに。

カケル　（カケルに）すいません。こいつら、こんなバカなこと言ってますけど、根はただのバカですから。

館長　どっちもどっちでしょう。

　ここは、宇宙で最後の図書館。忘れ去られた本たちが、最後の出番を待つ楽屋。遠い昔の知恵と勇気と愛とロマンが眠る場所。その名も——

冒進・揚飛　心からの願いの図書館。

館長　（カケルに）小さな夢でも大きな夢でも、それが心からの願いなら必ずかなう。本という名のガイドがあれば。あらゆる本が取り揃えてあります。あなたの願いは、さてなあに？

カケル　知りたいことが一つだけ。

館長　知りたいことって、なあに？

カケル　ニセモノは、この本の他に何を借りていきましたか？

館長　（帳簿を開いて）一九九五年のサッカー年鑑と日本地図。それから、サッカーのルールブック。「こんなものを借りてどうするんですか？」って聞いたら、ニコッと笑って。

カケル　僕は景色を探してるんです。

館長　景色って言いますと？

カケル　青い空、緑の芝生、白いラインと白いゴール。地球のどこかに残っている、宇宙で最後のサッカー場。

館長・冒進・揚飛が去る。

8

サッカーのユニフォームを着た男たちがやってくる。中の一人がボールを蹴る。カケルがボールを追う。が、他の男がボールを取る。カケルが横から奪おうとする。が、男は別の男にパス。カケルは再びボールを追う。カケル対男たちで、ボールの奪い合いが始まる。

やがて、カケルがボールを奪う。男たちの間をドリブルで抜けていく。と、その行く手に、コジローが現れる。ゴール・キーパーのユニフォームを着ている。カケルがシュート。コジローがパンチング。

カケルが再びシュート。コジローがキャッチ。そして、ボールを遠くへ投げる。ボールを追って、男たちが走り去る。

カケル　なぜだ。なぜ一本も入らないんだ。
コジロー　教えてあげよう。それは、俺が天才キーパーだからだ。
カケル　まるで心を読まれてるみたいだ。コジロー、おまえ、まさか。
コジロー　バカ。俺が、そんな汚いマネするわけないだろう？
カケル　じゃ、なぜ。
コジロー　目だよ。おまえの目を見れば、どっちへ蹴るか、一発でわかるんだ。

カケル　よし。今度は目をつぶって蹴ってやる。（と蹴るマネをして）あ、イタタ。
コジロー　どうした？　足でも挫いたのか？
カケル　親指の爪が割れたみたいだ。さっき、あの岩でつまずいた時。
コジロー　俺もボールを蹴ろうとして、あの岩を蹴っちまった。今でも爪先がジンジンしてる。
カケル　牧場でサッカーをやるなんて、やっぱり無理なのかな。
コジロー　仕方ないだろう？　他に場所がないんだから。
カケル　どうせやるなら、ホンモノのサッカー場でやってみたいと思わないか？
コジロー　じゃ、しばらく練習は休みにして、サッカー場を作るか。
カケル　どこに？
コジロー　もちろん、ここに。自分のほしいものは、自分で作るしかないだろう？　まず、岩を一つ一つ爆破して、地面を平らにするんだ。次に、芝生を買ってきて、端から順番に植えていく。
カケル　完成するまで、何年かかる？
コジロー　一年じゃ無理だな。
カケル　百年だって無理だよ。この本には、コートのサイズが描いてないんだぜ。
コジロー　大体の数字は割り出せるだろう？　ルールだって、その本から読み取ったんだし。
カケル　でも、全部はまだわかってない。
コジロー　そう言えば、おまえに一つ聞きたいことがあったんだ。サッカーはどうして十一人でやるんだ？

カケル　さあな。

コジロー　スポーツっていうのは勝負だろう？　だったら、一対一でやるべきじゃないか。

カケル　昔は、こういうスポーツが何種類もあったんだよ。バスケットボールとか、ベースボールとか。

コジロー　みっともないと思わないか？　いい年をした男たちが、汗をダラダラ流しながら、一つの球を追いかけるなんて。

コジロー　知らない人が見たら、ちょっと気持ち悪いかもしれないな。

カケル　俺はやっぱり、一対一でやるべきだと思う。キーパー対ストライカーで、PK戦だけやるんだ。そうすれば、サッカー場なんか作らなくて済む。

カケル　サッカーは十一人でやるからおもしろいんだよ。一つのボールを追いかけて、広いコートを駆け回るのが楽しいんだ。よし、決めた。俺はやっぱり、地球へ行く。

コジロー　今、何て言った？

カケル　地球へ行けば、俺たちの他に、サッカーをやってるヤツがいるかもしれない。サッカー場だって、一つぐらい残ってるかもしれない。

コジロー　残ってるもんか。

カケル　そんなの、行ってみなくちゃわからないだろう？（本を開いて）ほら見ろよ、このカラーページ。この景色を、実際に見てみたいと思わないか？

コジロー　俺には色がわからないんだよ。

カケル　知ってるよ。でも、想像ぐらいできるだろう？　青い空、緑の芝生、白いラインと白い

コジロー　ゴール。

カケル　よし。一歩譲って、この景色が残っていたとしよう。で、どうやって探す。地球の上を、隅から隅まで歩き回るのか？　不可能だよ。火星人が地球にいられるのは、たったの一週間。しかも、とんでもない金がかかる。

コジロー　だから買うのさ、地球を。

カケル　買うって？

コジロー　買えるだけの土地を買う。そうすれば、俺は地球人になれる。

カケル　地球の土地は高いんだぞ。どこにそんな金がある。

コジロー　今夜のニュースを見てごらん。

カケル　ニュース？

コジロー　科学アカデミーからおもしろい発表がある。火星羊に寄生する変種のウィルスから、とんでもないものが発見された。

カケル　ウチの羊を何百も殺した、あのウィルスか？

コジロー　羊を殺すウィルスが、人間を殺さずに済むんだ。

カケル　それじゃ、噂の不老不死薬？

コジロー　不死ではない。が、老化を抑える効果は確実にある。人間の寿命が、一気に二倍まで伸びるんだ。

カケル　まさか、カケル――

コジロー　ウチの羊二万頭、そっくり売るんだ。もちろん、ウィルスに感染させて。

コジロー　この牧場はどうなる。羊なしで、どうやって生きていくんだ。
カケル　みんなで地球へ行くんだよ。地球で新しい仕事を探すんだ。サッカーをやりながら。
コジロー　そんなにサッカーがやりたいのか。この牧場を潰してまで。
カケル　サッカーには、それぐらいの価値があるんだ。普段の生活では味わえないものが、サッカーにはいっぱい詰まってるんだ。おまえだって、一緒にやってて、わかっただろう？
コジロー　わからなかった。
カケル　コジロー。
コジロー　カケル、おまえには恩がある。俺が一文無しで火星へ来た時、この牧場に雇ってくれたのはおまえだ。だから、おまえがサッカーをやろうって言えば、文句も言わずに付き合ってきた。しかし、これ以上はもう無理だ。
カケル　一緒に地球へ行こう。一緒にサッカーをやろう。
コジロー　言ってなかったたか？　俺はサッカーが嫌いなんだ。
カケル　でも、サッカーは一人じゃできない。
コジロー　一人じゃできないことを、どうして一人でやろうとするんだ。

コジローが走り去る。

大きな歓声。

背後に、のはらが現れる。カケルがボールを置く。蹴る。しかし、ボールは返ってこない。カケルが走り去る。

のはら　わかるなあ、彼の気持ち。

そこへ、諸星がやってくる。

諸星　僕には全然わかりませんね。
のはら　どうして？　サッカーにかける男の情熱。男なら誰だってわかると思うけど。
諸星　カケルの場合は、単なる金持ちの道楽じゃないですか。僕はやっぱりコジローの味方だな。
のはら　いい役でしょう？
諸星　でも、悪役なんでしょう？
のはら　かわいそうだけど、ラストはたぶん死ぬことになると思う。
諸星　のはらさんがどんなに僕を嫌ってるか、よくわかりましたよ。さあ、次のシーンへ行きましょう。
のはら　一シーン描いたんだよ。休憩にしようよ。
諸星　何言ってるんですか。今のシーンでちょうど二十五枚。てことは、まだ半分も残ってるんですよ。
のはら　そう思ったら、ドッと疲れが出てきちゃった。今、何時？　十時か。気分転換に、お風呂に入ってくる。

諸星　シャワーだけにしてください。制限時間は五分ですよ。

のはら　ひどい。五分じゃ、顔を洗っておしまいだよ。

諸星　わかってるんですよ、のはらさん。次のシーンをどうするか、考えてないんでしょう？

のはら　そんなことないよ。いいアイディアが次から次へと浮かんできて、どれを使おうか迷ってるぐらい。

諸星　嘘をついても無駄ですよ。今のも回想シーンでしたよね？　二回も続けて回想シーンが出てくるってことは、話の続きが思いつかなくて困ってるんだ。どうです。図星でしょう？

のはら　実はそうなの。諸星君、助けて。

諸星　他人に助けを求めないで、自分で何とかしてください。

のはら　もうダメ。もう限界なのよ。二十五枚も描いたなんて、我ながらよく頑張ったと思う。褒めてあげたいくらい。

諸星　あなたは偉い。日本一の頑張り屋さんだ。だから、もう少しだけ頑張りましょう。

のはら　イヤだ。これ以上は一枚だって無理よ。カケルはサッカー場を探しに来たんだ。このアイディアが閃いた時は「ヤッター！」って思った。でも、その次のアイディアはいくら考えても出てこないのよ。

諸星　描いていれば、そのうち出てきますよ。とりあえず、図書館のシーンから再開しましょう。

のはら　せめてシャワーを浴びてから。

諸星　風呂なんか、一晩ぐらい入らなくても、死にませんよ。さあ、早く。

9

冒進・揚飛が飛び出す。冒進が物陰に隠れて、銃を構える。そこへ、三太夫が飛び出す。銃を揚飛に向ける。冒進が銃を三太夫の背に突き立てる。冒進の背後に、ダイゴが現れる。銃を冒進の背に突き立てる。冒進が両手を挙げる。揚飛が逃げる。と、その行く手に、ヤマアラシが現れる。銃を揚飛に向ける。揚飛が両手を挙げる。

三太夫　召し捕ったり！

そこへ、夕顔が拍手しながらやってくる。

夕顔　あっぱれじゃ、三太夫。実に見事な働きぶりであった。
三太夫　いえいえ、それほどでも。
ダイゴ　おまえが何かやったのか。
三太夫　囮の役をやったでしょう。
夕顔　ほめてつかわすぞ、三太夫。褒美は何がよい。申してみよ。何？　わらわの接吻とな？

三太夫　まだ何も申しておりませんが。
夕顔　よいよい。出血大サービスじゃ。近う寄れ。
三太夫　それだけはご勘弁を。
夕顔　何？　わらわの接吻は受けられぬと申すか？
三太夫　滅相もない。姫様の唇は、我ら家臣の憧れの的。どうして受けられぬことがございましょう。しかし、どんなに我らが憧れようとも、姫様の唇はカケル様のもの。
ヤマアラシ　じゃ、かわりに俺が接吻してやろうか？
三太夫　結構です。
ヤマアラシ　遠慮するなよ。俺はまだ独身だぜ。
ダイゴ　ヤマアラシ、おまえってヤツは、男なら誰でもいいのか？
ヤマアラシ　そんなことないよ。俺はこう見えても理想が高いんだ。
ダイゴ　あんまり高すぎるのもどうかと思うな。家に帰って、鏡と相談した方がいい。
諸星　（のはらに）何ですか、このダラダラした会話は？
のはら　作者のやる気のなさが見事に出てるわね。
諸星　登場人物がかわいそうじゃないですか。さっさと話を進めてください。
ヤマアラシ　（ダイゴに）そんなことより、仕事仕事。
ダイゴ　そうだったそうだった。（冒進に）お嬢ちゃん、カケルはどこにいる。
冒進　奥の書庫。館長さんと地図を調べてる。
三太夫　景色を探してるんですな。

ヤマアラシ　景色って何だ？
三太夫　さっき話をしたでしょう。カケルさんの本に載っていた、青と緑と白の景色。
夕顔　あれ、どこの景色？
三太夫　二つの軍が戦をしていましたからね。おそらくは壇の浦か、関ヶ原か。
揚飛　サッカー場だって。
タ・ダ・ヤ　サッカー場？
三太夫　揃いましたね。
夕顔　（冒進に）ねえねえ、サッカーって何？
揚飛　遠い昔に滅び去ったスポーツ。
三太夫　あんなに大勢でやるスポーツがありますか？
冒進　だから、滅び去ったんでしょう？
諸星　こいつらだけで話してても、先に進まないな。（のはらに）さっさとカケルを出しちゃいましょう。
のはら　出して、どうするの？
諸星　とりあえず、サッカーの話をさせればいいじゃないですか。

そこへ、カケルがやってくる。

カケル　サッカーっていうのは、十一人対十一人で、一つのボールを蹴り合って、相手のゴール

夕顔　に入れた方が勝ち。手を使ったら反則ってスポーツです。
カケル　カケル君！
夕顔　そんなものがやりたくて地球を買うなんて、やっぱりバカげてますかね？
カケル　バカげてる。
夕顔　はっきり言うなあ。
　　でもでも、そういうバカげたことにお金を注ぎ込むのが、贅沢ってものよ。王家の人間はそうでなくちゃ。
三太夫　似た者夫婦とはこのことですな。
カケル　僕は結婚なんかしませんよ。
三太夫　あなた、ウチの姫様のプロポーズを断るつもりですか？
カケル　（夕顔に）だって、あなたはバカげてると思うんでしょう？
夕顔　私だけじゃないわ。誰だってそう思うわよ。
冒進　私は賛成。
夕顔　ガキは引っ込んでなさい。
冒進　いいじゃない、カケル君がやりたいなら。誰かに迷惑がかかるってわけでもないし。
揚飛　私もルールを覚えたい。
カケル　ありがとう、冒進、揚飛。僕のかわりに、館長さんを手伝ってきてくれ。
　　冒進・揚飛が走り去る。

のはら　で、どうするの？

諸星　喧嘩だ。話を盛り上げるには、喧嘩が一番ですよ。この中で、喧嘩が好きそうなヤツって言うと。

のはら　ダイゴかな。

諸星　そうだ。ダイゴは、カケルが僕を刺したところを見てるんだ。

ダイゴ　カケル、殺人未遂の現行犯で逮捕する。

夕顔　何よ、いきなり。カケル君が何をしたって言うの？

ダイゴ　コジローって羊飼いを刺そうとしたんだ。刑事の目の前でやらかすとは、運が悪かった。

カケル　あなたが見たのは、第二幕です。一幕目は、僕がやられる方だった。

ダイゴ　言い逃れはよせ。

カケル　コジローは僕の先回りをしてたんです。列車を降りたところで、いきなり切りかかってきたんだ。危うくナイフを奪い取ったら、駅を爆破してやるって。

ダイゴ　そんなのデタラメだ。

カケル　もちろん、僕もそう思いました。でも、もしデタラメじゃなかったら、たくさんの人が死ぬことになる。だから、コジローを捕まえて、確かめようと思ったんです。そしたら、あなたが横から出てきて。

ヤマアラシ　ダイゴ。

ダイゴ　何だよ。俺が悪いのか？

夕顔・三太　ダイゴ。
ダイゴ　おまえらまで言うことないだろう？　カケル。そんな言い訳が通用すると思ってるのか？
カケル　信じる信じないは、あなたの勝手です。
ダイゴ　それなら、勝手にさせてもらおう。（と銃をカケルに向ける）
夕顔　何するの？
ダイゴ　俺は俺の目で見たものしか信じない。海賊どもが教えてくれた、宇宙で生き残るための鉄則だ。おまえは一人の男を殺そうとした。俺が見たのはそれだけだ。
三太夫　まさか、撃つつもりですか？
ヤマアラシ　（ダイゴに）忘れたのか、チーフからの指令。
ダイゴ　忘れはしない。残念だがな。上の人間にとっちゃ、俺の命より、おまえの命が大切らしい。まあ、いいさ。殺さずに警察へ連れてってやる。

ダイゴがカケルの腕をつかむ。カケルがダイゴの手を振り払う。二人がもみ合う。

のはら　どっちが勝つの？
諸星　どっちにしましょうか？
のはら　ダイゴの方が強そうよ。
諸星　でも、カケルが捕まったら、また話が止まりますよ。
のはら　じゃ、カケルの勝ち。ダイゴは銃を持つと強いけど、喧嘩は意外と弱かった。

カケルがダイゴを投げ飛ばす。ダイゴが倒れると、カケルの手にはダイゴの銃。

カケル　一本！

ヤマアラシ　（カケルに）貴様！

三太夫　（銃をダイゴに向けて）僕だって、自分の潔白を証明したい。でも、そんな暇はないんです。コジローが、僕より先に、この図書館へ来てるんです。急いで後を追いかけないと、サッカー場が危ないんだ。

ヤマアラシ　殺されるのか、サッカー場が？

カケル　コジローが、本当に爆弾を持っているとしたら。

ダイゴ　銃を返せ！

カケル　返せば、僕を捕まえるでしょう。

ダイゴ　その銃で、コジローを殺すつもりだろう。

カケル　自分の命を守るためです。後で必ず返しますから。（と走り出す）

ヤマアラシ　待て、この野郎！

カケルが走り去る。後を追って、ヤマアラシも走り去る。反対側から、冒進・揚飛が飛び出す。

冒進　見つかったよ、サッカー場。

揚飛　それがわりと近いんだ。あれ、カケル君は？
ダイゴ　行っちまったよ。
揚飛　どこへ？
冒進　サッカー場のある場所も聞かないで？
ダイゴ　（夕顔に）おまえは後を追いかけないのか？
夕顔　こういう時のために、盗聴マイクを仕掛けておいたんです。（とレシーバーを取り出す）
三太夫　さすが姫様、抜け目がない。
夕顔　（レシーバーに耳をあてて）あら、声が遠いわ。
三太夫　地上へ出たのかもしれませんね。
夕顔　よく聞こえない。カケル君。もっと大きな声でしゃべって。

そこへ、館長が歌いながらやってくる。手には盗聴マイク。

夕顔　カケル君て、歌、下手。
三太夫　姫様。（と館長を指さす）
館長　（盗聴マイクを示して）カケル様がくれたんです。今度は何を歌いましょうか？
冒進・揚飛　館長さん！
夕顔　（館長に）何個もらったの？
館長　全部で十個です。ということは、十曲歌ってもいいってことかな。

夕顔　私がつけたのも十個。でも、ここにもう一個あるから。
三太夫　全部で十一個。一つ多いですね。
ダイゴ　ジャコウだ。ヤツめ、もうすぐここへ来るぞ。
夕顔　三太夫、後はおまえに任せます。
三太夫　姫様は？
夕顔　私はもちろん、愛を追いかけます。

夕顔が走り去る。

ダイゴ　ジャコウめ、返り討ちにしてやる。と言いたいところだが、銃がない。
三太夫　銃なら、私が。
ダイゴ　おまえと二人じゃ、心細いな。館長、裏口はどこだ。
館長　あっちです。（と奥を指さす）
三太夫　（ダイゴに）潔く退散するんですね？
ダイゴ　バカ。海賊は、いつも背後から忍び寄る。そこを待ち伏せするんだ。
三太夫　健闘を祈ります。
ダイゴ　バカ。おまえも行くんだよ。（と三太夫の腕をつかむ）
三太夫　私は戦力になりませんよ。あなたの足を引っ張るだけですよ。
ダイゴ　いや、十分役に立つ。おまえの体格だったら、いい弾丸除けになりそうだ。

ダイゴ・三太夫が走り去る。

館長 せっかくサッカー場を見つけたのに、誰も相手にしてくれない。

冒進 まあまあ、落ち込まないで。カケル君、きっとすぐに帰ってくるから。

館長 帰ってくるかな？

揚飛 サッカーは、一人じゃできないでしょう？

館長 そうだな。私もルールを覚えるとするか。

そこへ、カケルが飛び出す。

冒進 あ、カケル君だ。

館長 行くぞ、冒進、揚飛。

揚飛 せっかく帰ってきたのに。

館長 帰ってきたんじゃない。場面が変わったんだ。

諸星 （のはらに）え？　もう次の場面ですか？

のはら 思いついたのよ、話の続きが。

諸星 本当ですか？

のはら 私って、天才だ。これで、残り二十枚、一気に描けるぞ。

諸星　やったー！　バンザーイ！

のはら　その前に、お風呂。

のはら・諸星・館長・冒進・揚飛が走り去る。

10

ヤマアラシが飛び出す。

ヤマアラシ　待てよ、カケル！
カケル　何度言えばわかるんです。早く行かないと、サッカー場が危ないんだ。
ヤマアラシ　早く行かないとって、一体どこへ行くつもりだ？
カケル　そうか。
ヤマアラシ　おまえみたいなのを、あわてんぼうのおつかいって言うんだぞ。
カケル　かと言って、図書館へ戻れば、あの刑事さんに捕まる。
ヤマアラシ　頑固だからな、ダイゴは。一度言い出したら、鼻の穴に指を突っ込んでも聞かないんだ。
カケル　あなたも僕を捕まえるつもりですか？
ヤマアラシ　「自分の命を犠牲にしても、カケルの命を守れ」って言われてる。ま、逮捕して留置場に入れとけば、一番安全なんだよな。
カケル　思いやりはありがたいけど、事は一刻を争うんです。
ヤマアラシ　思いやりじゃないよ。実際、おまえの言ってることは怪しいし。

カケル　やっぱり信じてないんですね？
ヤマアラシ　なああ、サッカーって、そんなにおもしろいのか？
カケル　おもしろいですよ。
ヤマアラシ　ボールを蹴り合うだけなんだろう？
カケル　敵のゴールを目指して、蹴り込むんですよ。シュートって言うんですけど、自分のシュートが決まった時は最高です。
ヤマアラシ　俺は、海賊の土手っ腹にレイザーをぶち込んだ方が気持ちいいけどな。
カケル　恐ろしいことを言いますね。
ヤマアラシ　俺の場合、趣味と実益が完璧に一致してるんだ。
カケル　シュートだけじゃありません。パス、ドリブル、ヘディング、タックル。ボールを追いかけて走り回るのが、またおもしろいんです。
ヤマアラシ　あんまり走ると、腹が減るだろう。
カケル　喉なんかカラカラですよ。でも、終わった後に飲む水が、また最高なんです。
ヤマアラシ　わかるわかる。腹が減ってる時は、キャット・フードだってご馳走だもんな。
カケル　キャット・フードを食べるんですか？
ヤマアラシ　そのかわり、ドッグ・フードは食わない。これでプラスマイナスゼロだ。
カケル　どういう計算なんでしょう？
ヤマアラシ　とにかく、まずいものをおいしく食べたかったら、サッカーをすればいいわけだ。
カケル　そうじゃなくて、サッカーっていうのは、やりたいからやるんです。勝つとか負けると

ヤマアラシ　か、結果なんか関係ない。ただ思いきり走って、思いきりボールを蹴りたいから。ただ思いきりわかるわかる。俺だって、海賊を殺すのは、正義や平和のためじゃない。ただ思いきりレイガンをぶっ放したいからだ。

カケル　あなた、サッカーに向いてますよ。多少の危険は感じるけど。

ヤマアラシ　多少の危険て？

カケル　相手を殺すのはナシですよ。

ヤマアラシ　わかってるよ。スポーツなんだから。

カケル　どうです。僕と一緒にサッカーをやりませんか？　あなたはサッカーに向いてます。

ヤマアラシ　おまえは俺に向いてるよ。

カケル　は？

ヤマアラシ　結婚しよう。

カケル　え？　え？

そこへ、夕顔が飛び出す。

夕顔　えーっ？

ヤマアラシ　ダメかな？

夕顔　あなた、今、自分が何を言ったか、わかってるの？

ヤマアラシ　「結婚しよう」って言ったんだ。

夕顔　結婚というものがどういうものか、わかってて言ったの？
ヤマアラシ　死ぬまで愛し続けるってことだろう？
夕顔　そんなことがあなたにできるの？
ヤマアラシ　それはわからないけど、こいつとだったらできるかもしれないなって、ふと思ったんだ。
夕顔　気持ちはよくわかったけど、割り込みはできないのよ。今は、私がプロポーズしている最中なんだから。
ヤマアラシ　おまえは、さっき断られただろう？
夕顔　あれは正式なご返事ではありません。そうでしょう、カケル君？
カケル　僕はまだ結婚なんて――
夕顔　（ヤマアラシに）ほら、まだ迷ってるから、答えられないって。
ヤマアラシ　迷うってことは、イマイチ気が進まないってことだな。
夕顔　結婚は人生のメイン・イベント。対戦相手は慎重に選ぶべきです。
ヤマアラシ　（カケルに）俺も対戦相手のリストに加えてくれないか？
夕顔　残念だけど、身分が違いすぎるみたい。
ヤマアラシ　結婚詐欺師よりはマシだろう？
夕顔　（カケルの銃を取り）その言い方はやめてくださらない？　仮にも一国の王女である人間に、無礼な物の言い方は許しませんよ。
ヤマアラシ　銃で勝負をつけようってのか？　おもしろい。（と銃を構える）
カケル　ちょっと待ってください。

夕顔　（ヤマアラシに）すぐに力で問題を解決しようとする。そんな人間に、愛を語る資格なんかないわ。
ヤマアラシ　人を好きになるのに、資格なんかいるもんか。
夕顔　刑事は刑事同士、職場結婚してなさい。
ヤマアラシ　歌手はマネージャーとくっつきやすい。姫君は従者とくっつけばいいんだ。
カケル　まあまあ、二人とも。
夕顔・ヤマ　横から口出しするな！
カケル　そんなこと言ったって。あっ！
夕顔　何よ。
カケル　聞こえませんか？
ヤマアラシ　誰か追いかけてきたのか？
夕顔　レシーバーよ！

遠くに、冒進・揚飛が現れる。冒進は盗聴マイクを持っている。

冒進　（盗聴マイクを口にあてて）おーい、聞こえてますか、お姫様！
夕顔　（レシーバーに耳をあてて）聞こえてるわよ。
冒進　聞こえてますか？
夕顔　聞こえてるってば。

冒進　（揚飛に）聞こえてなかったら、どうしようか。
夕顔　聞こえてるって言ったでしょうが。
揚飛　（冒進に）一方通行って不便だね。でも、聞こえてますようにって、願いをかけて。
冒進　（夕顔に）カケル君に追いつきましたか？　追いついたら伝えてほしいんだけど。
カケル　サッカー場が見つかったのか？
揚飛　そう。
夕顔　（カケルに）今、返事をしなかった？
揚飛　サッカー場が見つかったんだ。関東地方で、たった一つだけ。
冒進　それが、わりと近いんだ。
カケル　それはどこだ！
揚飛　ヨコスカ・シティーから西へ百キロ。半分海に沈んだ、シミズ・シティー。
カケル　よし！
夕顔　ちょっとカケル君、愛を置き去りにしないで！

カケルが走り去る。後を追って、夕顔が走り去る。

ヤマアラシ　（トランシーバーを取り出し）ダイゴ、聞こえるか？

遠くに、ダイゴ・三太夫が現れる。ダイゴはトランシーバーを持っている。

ダイゴ　こちら、ダイゴ。感度良好。
ヤマアラシ　カケルはシミズ・シティーへ向かった。今から後を追う。
ダイゴ　オーケイ。こちらは図書館に留まって、ジャコウを迎え撃つ。
三太夫　（ヤマアラシに）姫様は追いつきましたか？
ヤマアラシ　えらい剣幕で怒鳴り込んできた。ダイゴと言い、姫君と言い、怒るのが好きだね。
三太夫　気の短い人は早死にするそうです。お互い、もう少しの辛抱ですよ。
ヤマアラシ　ダイゴ、ちょっと話があるんだ。
ダイゴ　何だ、話って。
ヤマアラシ　いや、やっぱり後にする。
ダイゴ　何もったいぶってるんだ。言いたいことがあるなら、はっきり言え。

その時、ヤマアラシの背中に光が走る。ヤマアラシが倒れる。その向こうに、銃を持った夕顔が立っている。

ダイゴ　おい、どうした、ヤマアラシ。なぜ黙ってる。返事をしろ。ヤマアラシ！
夕顔　（トランシーバーを口にあてて）海賊が、海賊が……。
ダイゴ　その声は姫君か？　ジャコウがそっちに現れたのか？
夕顔　海賊が、あの人を……。

ダイゴ　ヤマアラシはどうした。ちょっと代わってくれ。
夕顔　代われません。海賊に撃たれました。
ダイゴ　バカ。ヤマアラシが撃たれてたまるか。あいつの腕は、俺より上なんだ。危ないところを、何度も助けられたし。いくらジャコウだって、あいつを殺すことはできない。
夕顔　……。
ダイゴ　ヤマアラシ！　アラシ！
夕顔　もう息をしてません。
ダイゴ　……バカ野郎！

夕顔・三太夫・ダイゴが去る。

11

のはらが現れる。

のはら　その子は生まれつき、運動神経が鈍かった。友達と外で遊ぶより、家でお絵描きをする方が好きだった。お姉さんの買ってくる、りぼんやマーガレットを読むうちに、大人になったら漫画家になるんだって、心の中で決めていた。と、ここまではよくある話。漫画家志望の女の子なんて、それこそ、掃いて捨てるほどいる。でも、その大部分が漫画家になれないのは、体が描けないから。カッコいい男の子の顔はいくらでも描けるけど、首から下はデクノボー。だから、漫画を描こうとすると、全コマ、顔のアップになってしまう。「こんなの、漫画じゃないわ」ってお姉さんに言われて、その子もようやく人生の厳しさに気が付いたってわけ。

ダイゴがやってくる。ヤマアラシに歩み寄る。ヤマアラシの銃を取る。

ダイゴ　おまえの銃で、ジャコウを撃つ！

ダイゴがヤマアラシを抱き上げる。去る。反対側から、コジローが飛び出す。一人でキーパーの練習をする。

のはら

高校二年の新学期。隣の席に座ったのが、サッカー部の補欠のゴール・キーパー。いつも怒った顔をして、クラスの誰とも口をきかなかった。机の下にはサッカー・ボール。授業中でも休み時間でも、黙って足でグリグリやってた。数学の先生が「落ち着きがないぞ」って注意したら、「ボールがないと、もっと落ち着きがなくなります」だって。美術室の窓から見下ろすと、ゴールの向こうでボールを拾うあいつ。教室にいる時より、もっと怒った顔をして。でも、なかなかカッコよかった。パス、ドリブル、ヘディング、タックル。確かにあんまり巧くないけど、あいつはあいつなりに青春してやがる。――いつしかスケッチブックはあいつの姿でいっぱいになり、その子の漫画は顔のアップだけじゃない、登場人物たちが元気いっぱい動き回る漫画になった。さて、残された問題は、愛とロマンに満ちあふれた、ストーリーを考えること。

コジローがボールを遠くへ投げる。

諸星

それで、カケルはサッカーが好きだったんですか。のはらさんの初恋の人がサッカー部だったから。

のはら　違うわよ。私の初恋は幼稚園の時。
諸星　じゃ、二人目？
のはら　セカンド・ラブは小学一年。
諸星　とにかく、自分の漫画の主人公は、何が何でもサッカー少年にしたいってわけだ。
のはら　あら、この前の連載は？　そのまた前だって、サッカー少年じゃなかった。
諸星　デビューしたての頃はどうでした？　読んでたんですよ、のはらさんの漫画。僕は、生まれた時から別ドリの愛読者だったんです。
のはら　嘘ばっかり。
諸星　僕には姉が二人いましてね。毎晩、絵本がわりに読んでくれてたんです。
のはら　私がデビューした時はいくつ？
諸星　高校三年だったかな。初めは、読み切りばっかり描いてましたよね。主人公はいつも内気な女の子で、片思いの相手は必ずサッカー部の選手。絵は下手クソだし、ストーリーもありきたり。でも、なぜか心に残った。なぜだと思います？
のはら　なぜかしら。
諸星　実は、僕もサッカー部だったんです。
のはら　サッカーをやる人にも、いろいろいるのね。
諸星　学園物からSFに変わったのは、望月さんのせいですね？
のはら　あの人、大学時代は作家を目指してたんだって。いろいろ相談に乗ってもらってるうちに、向こうもやる気になっちゃって。

諸星　それで、ネームをお任せしたと。
のはら　一回だけって約束だったのよ。でも、意外と評判がよくて、編集長が続きを描けって。
諸星　そして、主人公は、サッカー少年から宇宙少年になった。
のはら　望月さんは、ＳＦ作家になりたかったの。
諸星　やっぱり、僕の思った通りだ。僕がコジローのモデルになったように、カケルにもモデルがいたんですね。望月さんという。
のはら　違うわよ。
諸星　二、三回しか会ったことないけど、笑顔はカケルにそっくりだった。
のはら　勝手に決めつけないでよ。私の漫画の主人公は、いつもこういう顔なの。モデルを使うのは、脇役だけよ。
諸星　じゃ、ジャコウは？
のはら　高校の時の国語の先生。
諸星　だから、ことわざが得意なんだ。じゃ、マサムネは？
のはら　教育実習で来た、体育の先生。
諸星　てことは、大学生ですか？　どう見ても、三十代にしか見えないな。じゃ、三太夫は？
のはら　短大の時に入り浸ってた、喫茶店のマスター。
諸星　道理で、愛想がいいと思った。やっぱり、個性的な人っていうのは、漫画にしやすいんですね。
のはら　逆よ。よっぽど個性的な人でないと、漫画にはならないの。

諸星　じゃ、夕顔は？

のはら　夕顔は、誰だっけ？

諸星　あれ、覚えてないんですか？

のはら　そうそう。夕顔にもモデルはいないのよ。私が描くヒロインは、みんな同じ顔じゃない。

諸星　最初の頃はね。でも、今は全くの別人です。さっきのシーンなんか、誰かに似てるような気がするんだけど。

のはら　あんなイヤな女、誰にも似てないわよ。

諸星　何言ってるんですか。あなたが無理やり、イヤな女にしたんでしょう？

のはら　無理やり？

諸星　ヤマアラシですよ。カケルにプロポーズしたぐらいで、どうして殺すんですか？

のはら　短気なのよ、夕顔は。

諸星　短気なだけで、人を殺しますか？

のはら　そういう女なの。

諸星　のはらさん。夕顔は、あなたが作った人物でしょう？　あなたにとっては、子供みたいなものじゃないですか。

のはら　親だって人間よ。気に入る子もいれば、気に入らない子もいるの。

諸星　そんなの、かわいそうですよ。作者に嫌われて、無理やり人殺しまでさせられて。

のはら　無理やりじゃないわよ。ストーリーを考えてるうちに、自然とそうなっちゃったの。

諸星　嘘だ。あなたは夕顔を不幸にしたいだけなんだ。

のはら　あ、もう二時だ。道理で、眠くなってきたと思った。
諸星　のはらさん。
のはら　でも、あと十三枚描けば完成だもんね。よし、眠気覚ましに、ジュースでも買ってくるか。すぐに戻るからね。
諸星　のはらさん、僕にもジュース。

のはらが走り去る。後を追って、諸星も走り去る。

12

カケルが飛び出す。後を追って、夕顔が飛び出す。

夕顔　ここがサッカー場？
カケル　（うなずく）
夕顔　ちょっと見せて。（とカケルの手から本を取って開き）この絵と全然違うじゃない。サッカーって、海の中でもできるの？
カケル　普通はやらない。
夕顔　でしょうね。やっぱり、あの噂は本当だったんだ。
カケル　噂って？
夕顔　地球は異星人をなかなか受け入れないでしょう？　それには、何か理由があるんじゃないかって言われてるの。たとえば、温暖化現象のせいで、陸地がどんどん少なくなってるとか。
カケル　ここだって、地図の上ではまだ陸地だったんだ。もしかしたら、僕が来るのは遅すぎたのかもしれない。

夕顔　あの白いのは？
カケル　ゴール・ポストさ。向こうにもある。
夕顔　百年以上も前から、あそこに立ってるのね。波に打たれ、雨に打たれながら。
カケル　誰かを待ってるんだろう。
夕顔　誰かって？
カケル　もう一度、ボールを蹴り込んでくれる人を。（と背を向けて歩き出す）
夕顔　どこへ行くの？
カケル　図書館へ戻る。次の場所を探すんだ。
夕顔　そこも海に沈んでたら？
カケル　また次を探す。日本になかったら、別の国へ行く。サッカーが盛んだった国は、他にもいっぱいあるんだ。ブラジルとかアルゼンチンとか。
夕顔　オーストラリアはどう？
カケル　そんな国あったっけ？
夕顔　知らないの？　世界で一番自然が残ってる国よ。地球に着いたら、まず最初に行きたいと思ってたの。
カケル　サッカーは盛んだったのかな？
夕顔　それは知らないけど、試しに行ってみない？　新婚旅行も兼ねて。
カケル　ちょっと待って。僕は結婚するなんて言ってませんよ。
夕顔　何よ。まだ決心がつかないの？

カケル　お姫様。僕は地球の王様なんかになるつもりはない。サッカー場が見つかったら、他の土地は全部売るんです。

夕顔　売ることないじゃない。一つの国として、独立しましょうよ。名前はカケル王国でも、夕顔合衆国でもいいわ。それで、国技をサッカーにするの。国民から税金をいっぱい集めて、サッカー場を作るのよ。そうすれば、毎日サッカーができるじゃない。

カケル　僕にそんな力はない。国を作るなんて、無理です。

夕顔　そんなの、やってみなければわからないわよ。

カケル　わかりたくなんかない。僕は僕のままでいたいんです。

夕顔　どうして？　王様になるのが、そんなにイヤ？　あらゆる自由が手に入るのよ。国民たちにも愛されて、慕われて。

カケル　憎まれて、追放されることもある。

夕顔　大丈夫。今度は失敗しないわ。

カケル　そんなに王女になりたいんですか？

夕顔　なりたいわ。

カケル　お姫様、お姫様って、周りの人間からチヤホヤされたいんですか？

夕顔　されたいわよ。それがどうしていけないの？　タイタンにいた頃は、みんなが私を愛してくれた。いつも誰かがそばにいて、おなかは空きませんか、ご気分は悪くありませんかって心配してくれた。

カケル　そんなの、甘やかされてるだけだ。

夕顔　わかってるわよ。生まれた時からタイタンを出る時まで、甘やかされ続けた、どうしようもない女よ。でも、それが私だった。私は王女。王女が王女になりたいと思うことが、どうしていけないの？
カケル　王女になりたいから、僕と結婚するんですか？
夕顔　あなたが好きなの。
カケル　僕じゃなくて、地球の王様が好きなんでしょう？
夕顔　王様のカケル君が好きなのよ。
カケル　サッカーをするカケルはどうですか？　僕がサッカー場を見つけたら、そこで一緒に走ってくれますか？
夕顔　私にサッカーをやれっていうの？
カケル　やらなくても構わない。ただ、サッカーを好きになってくれますか？

そこへ、ダイゴが飛び出す。

ダイゴ　ジャコウはどこだ。
カケル　ここには来てませんよ。
ダイゴ　気を付けろ。どこかに隠れてるはずだ。
カケル　何のために？
ダイゴ　決まってるだろう。おまえを誘拐するためだ。

カケル　僕がここにいるって、知ってるかな。
ダイゴ　知ってるさ。図書館から、おまえの後をつけてきたんだ。
カケル　僕をつけてきたのは、お姫様と、女の刑事さんだけですよ。
ダイゴ　そのヤマアラシがやられたんだ。おまえの後ろにヤマアラシ、そのまた後ろにジャコウがいたんだ。
カケル　ちょっと待ってください。やられたって、どういうことですか？
ダイゴ　姫君から聞いてないのか？　ヤマアラシは死んだんだ。
カケル　（夕顔に）本当ですか？
ダイゴ　（夕顔に）ヤマアラシを殺したのは、ジャコウなんだろう？　それとも、マサムネか？
夕顔　さあ。
ダイゴ　見なかったのか？　ヤマアラシは背中から、至近距離で撃たれたんだぞ。
夕顔　私は先を走ってたんです。銃声を聞いて、慌てて戻ったら、そこにはもう誰も。
ダイゴ　俺の銃だな？　返せ。（と銃をつかむ）
夕顔　（ダイゴの手を振り払って）もう少し貸してくださらない？　ジャコウが襲ってきた時のために。
ダイゴ　おまえ、銃を撃ったのか？
夕顔　いいえ。
ダイゴ　銃口が温かい。撃ってから、一時間も経ってないはずだ。まさか。
夕顔　（銃を構えて）待って。ジャコウに脅されたのよ。

ダイゴ　貴様も海賊か！

ダイゴが夕顔を撃とうとする。カケルがダイゴを羽交い締めにする。

カケル　刑事さん！
ダイゴ　放せ！
夕顔　図書館を出たところで捕まって、カプセルを飲まされたの。超小型のリモコン爆弾。「隙を見て、刑事を殺せ。さもないと、おまえの体を爆破する」って。
ダイゴ　嘘つけ、この野郎！　殺してやる！
夕顔　お願い、撃たないで！
ダイゴ　なぜ俺の銃で撃った！　俺の銃でヤマアラシを！
夕顔　撃たなければ、私が殺されてたのよ！
ダイゴ　黙れ、海賊！

ダイゴがカケルの手を振り払い、銃を夕顔に向ける。銃と夕顔の間に、カケルが立つ。

カケル　刑事さん、この人は海賊じゃありません。そんなの、見ればわかるでしょう？
ダイゴ　そこをどけ。
カケル　撃ったのはこの人でも、撃たせたのはジャコウです。

ダイゴ　殺したのは、そいつだ。
夕顔　どうしようもなかったのよ。
ダイゴ　貴様が死ねばよかったんだ。
カケル　この人だって被害者なんです。この人を撃つ前に、海賊を撃つべきです。
ダイゴ　つべこべ理屈を抜かすな！
カケル　あなたは海賊課の刑事でしょう？　海賊課の敵は誰です。
ダイゴ　もちろん、敵は海賊だ。ちくしょう！　ジャコウはどこにいる。
夕顔　今頃は、図書館に。
ダイゴ　帰るぞ。ジャコウとマサムネをぶち殺して、貴様の始末はその後だ。
カケル　行きましょう、図書館へ。

カケル・夕顔・ダイゴが振り向く。

ダイゴ　出てこい、ジャコウ！

三太夫が飛び出す。その陰にジャコウ。

三太夫　姫様！

ジャコウ　久しぶりですな、刑事さん。

ダイゴ　今度という今度は逃がさんぞ。こっちへ出てきて、一対一で勝負しろ！

ジャコウ　そう熱くならないで。勝負なんかしたら、どちらか一人が死ぬんですよ。

ダイゴ　死ぬのは貴様だ！

ジャコウ　私かもしれないし、あなたかもしれない。

三太夫　まさか、私ってことはないですよね？

ダイゴ　（ジャコウに）海賊ごときに殺されてたまるか。隠れてないで、姿を現せ！

ジャコウ　まあまあ、落ち着いて。

ダイゴ　出てこないなら、二人まとめてぶち抜くぞ！

三太夫　やめてください、それだけは！

ジャコウ　（ダイゴに）私はあくまで取引がしたい。

13

三太夫　いいですね、取引。何事も、話し合いで解決するのが一番ですからね。
ダイゴ　（ジャコウに）無駄なことはやめるんだな。海賊課に人質は通用しない。
三太夫　そんな、あなた。
ジャコウ　（ダイゴに）刑事さんとの取引ではない。そこにいる、カケル君と。
カケル　僕と？
ジャコウ　今度は平等な取引です。君もきっと飲んでくれるはずだ。
ダイゴ　（カケルに）海賊の口車に乗るな！
ジャコウ　（カケルに）火星へ行って調べてきました。君はサッカー場をお探しのようだ。見つかりましたか？
カケル　まだシミズ・シティーしか調べてない。
ジャコウ　調べたけれど、見つからなかった？
カケル　見つけてみせるさ。日本になかったら、別の国へ行く。
ジャコウ　おかしいですな。宇宙で最後のサッカー場は、シミズ・シティーにあるはずなのに。
カケル　そんなはずはない！
ジャコウ　さて、ここで取引です。先ほどマサムネが、そのサッカー場に爆弾を仕掛けてきました。

冒進・揚飛が飛び出す。その陰にマサムネ。

マサムネ　ジャコウ！（とスイッチを投げる）

ジャコウ　（受け取って）スイッチはここにある。このスイッチと、サッカー場のありかを教えるかわりに。
夕顔　買い占めた土地をよこせ？
三太夫　さすが姫様、察しが早い。
ジャコウ　どうしますか、カケル君。サッカーがやりたいなら、この取引、見逃す手はないでしょう。
ダイゴ　（カケルに）騙されるな。土地を渡した途端に、撃ち殺されるぞ。
マサムネ　（カケルに）殺しはしない。おまえが素直に取引に応じればな。

カケルが夕顔の銃を奪って、ダイゴを狙う。

ダイゴ　貴様！
ジャコウ　（カケルに）よし、いい子だ。サッカーがやりたいというおまえの気持ち、必ずかなえてやる。
ダイゴ　（カケルに）バカ野郎！　サッカーなんかのために、海賊に魂を売るのか。
カケル　あなたは殺しません。銃を置いて、ここから出ていってください。
マサムネ　姫君はどっちに付く。
夕顔　私はもちろん、カケル君の味方。（とダイゴの銃に手を伸ばす）
ダイゴ　触るな！

マサムネ　おとなしく銃をよこせ！
ダイゴ　これはヤマアラシの銃だ。海賊の手には渡さん。
ジャコウ　そう言えば、お連れさんはどうしました。二人三脚みたいに、どこへ行くにも一緒だったのに。
ダイゴ　とぼけるな！
ジャコウ　何をとぼけるんです。
ダイゴ　おまえの狙い通りになった。姫君が、見事に背中から撃ってくれたよ。
ジャコウ　死んだんですか？
ダイゴ　おまえが命令したんだろう？
ジャコウ　私が？　一体誰がそんなことを言ったんです。
夕顔　イヤだわ、ジャコウったら。忘れちゃったの？　私の口をこじ開けて、カプセルを飲ませたじゃない。
マサムネ　何を言ってるんだ、この女。
夕顔　あなたが殺せって言うから、仕方なくやったんじゃない。ねえ。
ダイゴ　まさか。
カケル　お姫様！
夕顔　愛してるのよ、カケル君。あなたを、私だけのものにしたかったの。
カケル　だから、殺したんですか？
夕顔　許して。お願い。

ダイゴが夕顔を撃つ。強い光。夕顔が倒れる。カケル・三太夫が夕顔に駆け寄る。三太夫が夕顔を抱き起こす。

三太夫　姫様！
夕顔　カケル君。
カケル　僕はここにいます。
夕顔　天国の王女になって、待ってるわ。
三太夫　姫様！　姫様！

そこへ、諸星が飛び出す。

諸星　ダメだ、ダメだ！　こんな展開じゃ、絶対にダメ。

登場人物が去る。そこへ、のはらが飛び出す。

のはら　横から口出ししないでよ。あとちょっとで描き終わるのに。
諸星　こんなひどい話が載せられますか。
のはら　どこがひどいのよ。ラストに向かって、盛り上がってきてるじゃない。

諸星　盛り上げるために、また登場人物を殺しましたね？　それも、よりによって夕顔だ。いつかはやるんじゃないかと思ってたら。
のはら　仕方ないわね。ヤマアラシを殺した報いよ。
諸星　そうじゃない。ヤマアラシを殺したのも、のはらさん。夕顔を殺したのも、のはらさんなんだ。
のはら　そんなの、当たり前じゃない。私は作者なんだから。
諸星　作者だったら何でもできると思ったら、大間違いですよ。本当におもしろいストーリーっていうのは、作者の計算の外にある。登場人物がいきいきと動き出して、自分たちの言葉を話し始めた時、初めてストーリーはホンモノになる。作者が頭で考えているうちはダメなんだ。
のはら　登場人物のやりたいようにやらせてたら、話がまとまらないじゃない。
諸星　それをまとめるのが、作者の仕事なんです。自分の好き嫌いで登場人物を殺す人間に、作者の資格はない。
のはら　何言ってるの？　私はできないって言ったのよ。それを無理やりやらせたのは、諸星君でしょう？
諸星　作者になって、まず最初にのはらさんが考えたことは、夕顔がカケルと結ばれないようにすることだった。
のはら　違うわ。
諸星　そのために、夕顔を結婚詐欺師から殺人犯に仕立て上げた。

のはら　違うわ。
諸星　そして、とうとう殺してしまった。なぜなら、夕顔のモデルは、のはらさんのお姉さんの優子さんだからだ。
のはら　違うわ。私はお姉ちゃんを殺したいなんて、思ってない。
諸星　現実ではね。しかし、自分の漫画の中でなら、好きなようにできる。大好きな望月さんを、お姉さんに取られずに済む。
のはら　バカ！　私はそんな子供じゃないわ！
諸星　子供ですよ。
のはら　自分はどうなのよ。年下のくせに。
諸星　子供でいいんですよ。漫画家は子供でなくちゃ、おもしろいストーリーが作れない。百パーセント大人になってしまった人間に、漫画は描けません。
のはら　自分は大人だって、言いたいわけ？
諸星　もちろん、僕にだって、子供の部分は残ってる。今度は、僕に考えさせてください。ストーリーを？
のはら　ストーリーを？
諸星　僕は夕顔が好きなんです。のはらさんはイヤなヤツだって言うけど、僕にはそう思えない。悪いことをすればするほど、かわいく見えてくるんです。なぜだと思います？
のはら　なぜなのよ。
諸星　一人の男にここまで惚れ抜く女の子って、なかなかいないからですよ。そう言えば、優子さんも、会うたびに望月さんのこと、のろけてたっけ。

のはら　夕顔をどうするの？
諸星　のはらさんは、夕顔がカケルと結ばれないようにしたいんでしょう？　だったら、何も殺すことはない。
のはら　じゃ、生き返らすの？
諸星　ヤマアラシを殺したのも、カケルを自分のものにしたかったからじゃない。夕顔が言った通り、ジャコウに脅されて仕方なくってことにしましょう。
のはら　どうやって？
諸星　描き直すんですよ、三人が図書館に戻ったところから。さあ、ペンを持って集中。
のはら　もう五時よ。こんなところから描き直して、間に合う？
諸星　あと、たったの八枚ですよ。なせばなる、なさねばならぬ――
のはら　何事も。
諸星　その通り！

14

ダイゴ・カケル・夕顔が飛び出す。

ダイゴ　出てこい、ジャコウ！

三太夫が飛び出す。その陰にジャコウ。

三太夫　姫様！
ジャコウ　久しぶりですな、刑事さん。
ダイゴ　今度という今度は逃がさんぞ。こっちへ出てきて、一対一で勝負しろ！
ジャコウ　そう熱くならないで。
諸星　ここはカット。
ダイゴ　（ジャコウに）出てこないなら、二人まとめてぶち抜くぞ！
三太夫　やめてください、それだけは！
ジャコウ　（ダイゴに）私はあくまで取引がしたい。

諸星　カット。

ジャコウ　（ダイゴに）カケル君と。

カケル　僕と？

諸星　カット。

のはら　せっかく描いたんだから、あんまりカットしないで！

ジャコウ　（カケルに）火星へ行って調べてきました。君はサッカー場をお探しのようだ。見つかりましたか？

カケル　まだシミズ・シティーしか調べてない。

ジャコウ　調べたけれど、見つからなかった？

カケル　見つけてみせるさ。日本になかったら、別の国へ行く。

ジャコウ　おかしいですな。宇宙で最後のサッカー場は、シミズ・シティーにあるはずなのに。

カケル　そんなはずはない！

ジャコウ　さて、ここで取引です。先ほどマサムネが、そのサッカー場に爆弾を仕掛けてきました。

冒進・揚飛が飛び出す。その陰にマサムネ。

マサムネ　ジャコウ！（とジャコウにスイッチを投げる）

ジャコウ　（受け取って）スイッチはここにある。このスイッチと、サッカー場のありかを教えるかわりに。

夕顔　買い占めた土地をよこせ？
三太夫　さすが姫様、察しが早い。
ジャコウ　どうしますか、カケル君。サッカーがやりたいなら、この取引、見逃す手はないでしょう。
ダイゴ　（カケルに）騙されるな。土地を渡した途端に、撃ち殺されるぞ。
マサムネ　（カケルに）殺しはしない。おまえが素直に取引に応じればな。

カケルが夕顔の銃を奪って、ダイゴを狙う。

ダイゴ　貴様！
ジャコウ　（カケルに）よし、いい子だ。サッカーがやりたいというおまえの気持ち、必ずかなえてやる。
ダイゴ　（カケルに）バカ野郎！　サッカーなんかのために、海賊に魂を売るのか。
諸星　ここから後は全部カット。
のはら　えーっ？
諸星　そのかわり。
カケル　ジャコウ、スイッチをくれ！
ジャコウ　土地の権利と交換だ。
カケル　権利を渡した途端に、爆破されたら困る。まずはサッカー場の安全を確保しないと。

ジャコウ　疑り深い男だな。いいだろう。

そこへ、館長が飛び出す。

館長　スイッチを渡すな！
冒進　どうしたの、館長さん？
館長　その男にスイッチを渡すな。渡した途端に、スイッチを押すぞ。
カケル　僕が？　どうして？
館長　宇宙で最後のサッカー場を爆破するのが、おまえの心からの願いだからだ。そうだろう、コジロー？
のはら　え？
カケル　僕はカケルだ。
館長　揚飛、あの男の心を読め！
カケル　まさか。
館長　そうだ。揚飛はテレパスだ。この子の前では、誰も嘘がつけない。
冒進　どう、揚飛？
揚飛　（目を閉じて）ダメ。心を閉ざしてるから、中に入り込めない。
館長　（カケルに）そんなことができるのは、おまえもテレパスだからだ。テレパスはニュータイプ。おまえはカケルじゃない。

カケル　僕はカケルだ。
館長　それなら、海は何色だ。
カケル　青だ。
館長　波は？
カケル　白。
館長　砂浜は？
カケル　グレー。
館長　林は？
カケル　緑。
冒進　土は？
カケル　黒。
揚飛　草原は？
カケル　緑。
ダイゴ　菜の花は？
カケル　黄色。
ジャコウ　紫陽花は？
カケル　紫。
マサムネ　向日葵は？
カケル　黄色。

三太夫　レモンは？

カケル　黄色。

冒進　ブドウは？

カケル　紫。

揚飛　リンゴは？

カケル　赤。

ダイゴ　ルビーは？

カケル　赤。

ジャコウ　サファイアは？

カケル　青。

マサムネ　エメラルドは？

カケル　緑。

三太夫　血は？

カケル　赤。

冒進　肉は？

カケル　赤。

揚飛　骨は？

カケル　白。

ダイゴ　雪は？

カケル　白。
ジャコウ　雨は？
カケル　水色。
マサムネ　太陽は？
カケル　赤。
三太夫　陽射しは？
カケル　白。
夕顔　晴れた日の空は？
カケル　青。
館長　それは、大地震が起きる前までの話だ。今は大気が汚染されて、よく晴れた日でもグレーなんだ。
カケル　僕は今朝、地球に着いたんだ。空なんかゆっくり見る暇はなかった。
館長　宇宙空港で船から降りた時は？　シミズ・シティーで海に沈んだサッカー場を見つけた時は？
カケル　見たかもしれないけど、よく覚えてない。
揚飛　嘘よ。今のは嘘。
カケル　嘘じゃない。
揚飛　（目を閉じて）「おまえは黙ってろ！」
カケル　待てよ。

揚飛 「俺の心を読むな！」

カケル そんなこと、思ってない。

揚飛 「出ていけ！　俺の心に入ってくるな！」

カケル やめろ！　やめてくれ！

揚飛 「やめろ！　やめてくれ！」

冒進 揚飛！（と肩をつかむ）

揚飛 「そうだ。そうだよ。俺はカケルじゃない」

館長 おまえはコジローだな？

カケル ……そうだ。俺はコジローだ。

のはら 嘘よ。

夕顔 （カケルに）あなた、本当にカケル君じゃないの？

館長 大空牧場の羊飼い。ニュータイプのコジローだ。

のはら そんなの、嘘よ。

館長 （夕顔に）火星でカケルと出会ったのが、三年前。それ以前は、地球にいたんだ。ロンドンの地下街で、ＰＫマッチの選手をしていた。

夕顔 ＰＫマッチって？

館長 海賊どもが集まるカジノで、最も人気のあるギャンブルだ。キーパーとストライカーが一対一で勝負して、シュートが何本決まるかを賭ける。コジローは無敵のキーパーだった。当たり前だ。相手の心が読めるんだからな。

カケル　俺はイカサマなんかやってない。
館長　しかし、海賊どもはそう思わなかった。おまえがテレパスであることに気づくと、怒り狂ったんだ。おまえは両親を殺され、家を焼かれて、たった一人で火星へ逃げた。おまえを一人にしたのは、ＰＫマッチ。サッカーだったんだ。
夕顔　（カケルに）サッカーがやりたいって言ったのは、嘘だったの？
カケル　そうだ。
夕顔　一緒にやろうって言ったのも？
カケル　そうだ。
夕顔　私に話してくれたことは、何から何まで嘘だったのね？
カケル　俺はカケルになりきって、カケルの言いそうなことを口にしただけだ。
のはら　それじゃ、ホンモノのカケルは？
館長　諸君、紹介しよう。この方が、大空牧場のカケル様だ。（と諸星を示す）
諸星　やあ。
のはら　ずるい！　最後の最後でいい役を取って。
諸星　僕がカケルになれば、すべてが丸く収まるんですよ。夕顔は彼を諦めて、僕にプロポーズするんです。
夕顔　あなたがカケル君？
ダイゴ　（諸星に）おまえが？
マサムネ　（諸星に）別ドリの編集者じゃないのか？

諸星　すいません、騙しちゃって。地球の王様ともなると、命を守るために、身分を偽らないと。

ジャコウ　ホンモノの王様よ。取引の話は聞いていたか。

諸星　お行儀が悪いとは思いましたが、裏で立ち聞きしてました。

ジャコウ　それなら、話が早い。条件はさっき言った通り。もちろん、飲んでくれるだろうな？

諸星　飲めません。

ジャコウ　何だと？

諸星　海賊なんかと取引をしたら、こっちが損するのは目に見えてますからね。

マサムネ　サッカー場がなくなってもいいのか？

諸星　なくなるって？

マサムネ　ジャコウがスイッチを押せば、サッカー場に仕掛けた爆弾が爆発するんだぞ。

諸星　爆弾て、これですか？（とポケットから爆弾を取り出し）ダメですよ、こんな危ない物をグランドに持ち込んじゃ。ほら、返します。

諸星がマサムネに爆弾を投げる。マサムネが慌ててキャッチ。

ジャコウ　マサムネ！

マサムネ　ちゃんとゴールに縛りつけてきたんだ！

諸星　これで取引は御破算ですね。刑事さん、続きをどうぞ。

ダイゴ　貴様の悪知恵もこの程度か。出てこい、ジャコウ！　勝負だ！
ジャコウ　近寄るな！　スイッチを押すぞ！
ダイゴ　押したければ、押せばいい。
ジャコウ　この図書館が吹っ飛ぶぞ。死んでもいいのか？
ダイゴ　死んでやるさ。おまえと一緒にな。海賊を殺すのが、俺たちの仕事だ。押せるもんなら、押してみろ！
三太夫　本当に押したら、どうするんです！
ダイゴ　押せるもんか。（と銃を三太夫に向ける）
三太夫　撃たないで！
ダイゴ　ヤマアラシの銃は鋼鉄でもぶち抜く。三太夫、かわいそうだが、ジャコウと一緒に死んでくれ。
三太夫　イヤだ！　まだ死にたくない！
マサムネ　ジャコウ！
ダイゴ　ジャコウ！　さよならだ！

ジャコウが天井を撃つ。照明が砕け散る。一瞬で暗くなる。

ダイゴ　貴様！
ジャコウ　刑事さん、言ったでしょう？　勝負ってのは、頭のよしあしで決まるって。

ダイゴ　どこだ！　どこにいる！

ジャコウ　宇宙のどこかで、またお会いしましょう。行くぞ、マサムネ！

マサムネ　刑事さん、最後のことわざだ。逃げるが勝ち。あばよ！

ダイゴ　逃げたければ逃げるがいい！　宇宙の果てまで追いかけてやる！

ジャコウ・マサムネ・ダイゴが走り去る。三太夫・館長・冒進・揚飛も去る。

15

明るくなると、のはら・諸星・カケル・夕顔の四人が残っている。
カケルが銃を諸星に向けている。その間に、夕顔が立っている。

諸星　俺を撃つのか、コジロー。

夕顔　カケル君、やめて。

カケル　そこをどいてください、お姫様。俺はそいつに話があるんです。

諸星　話って何だ。

カケル　ジャコウの言ってたことは本当か。サッカー場がシミズ・シティーにあるっていうのは。

諸星　本当だ。

カケル　シミズ・シティーのどこだ。

諸星　俺が答えると思うか?

カケル　答えたくないなら、それでもいい。おまえを殺せば、同じことだ。

夕顔　撃たないで、カケル君。

諸星　カケルは僕ですよ、お姫様。そいつは、羊飼いのコジローです。人の命なんか何とも思

夕顔　ってない、恐ろしい男なんだ。

諸星　違うわ。この人はそんなにひどい人じゃない。

カケル　コジローはあなたを騙したんですよ。心の中ではあざ笑ってたんだ。あなたが探していた王子様は、そいつじゃない。

諸星　（夕顔に）言っただろう、ただの羊飼いだって。

夕顔　（夕顔に）自分を騙した男を愛せますか？

諸星　そんなこと、知らなかった……。

夕顔　コジローと僕と、どっちを選びますか？

諸星　選ぶなんて……。

　　　（のはらに）夕顔は王女になりたいんだ。だから、僕を選ぶんです。そうすれば、彼とは結ばれない。

のはら　そんな……。

諸星　右か左か、問題はそれだけです。

のはら　……。

諸星　さあ、のはらさん。描いて。

　　　のはらがペンを動かす。夕顔がカケルの後ろに立つ。

諸星　のはらさん！

夕顔　私が好きなのは、この人よ。地球の王様じゃなくたって、ただの羊飼いだって構わない。
カケル　お姫様……。
諸星　（のはらに）こんなことをしていいんですか？　夕顔が嫌いじゃなかったんですか？
のはら　夕顔なんか大嫌いよ。でも、私はね、世界中の片思いの女の子の味方！
諸星　そんな。せっかく夕顔と結婚できると思ったのに。
夕顔　サッカー場はどこにあるの？　シミズ・シティーのどこ？
諸星　こうなったら、意地でも答えないぞ。
夕顔　あら、それは残念ね。答えてくれたら、一緒にサッカーをしてあげようと思ったのに。
諸星　本当ですか？
夕顔　私だけじゃないわ。この人もきっと一緒にやると思う。
カケル　どうして俺が。
夕顔　だって、あなた、サッカーが好きなんでしょう？
カケル　冗談じゃない。誰がサッカーなんか。
夕顔　タイタンを出てから、私は他人を騙して生きてきた。その私が、どうしてあなたに騙されたと思う。それは、あなたが本気だったからよ。サッカーがやりたいって言ったのも、一緒にやろうって言ったのも、嘘じゃなかった。サッカーが嫌いだったら、あんなに心をこめて言えるはずないもの。
諸星　そうなのか、コジロー？
カケル　サッカーは、俺からすべてを奪った。両親を奪い、家を奪い、火星で見つけた羊飼いの

夕顔　仕事も奪った。そんなものを、どうして俺がやらなくちゃいけないんだ。
諸星　おもしろいからよ、シュートするのが。ボールを追いかけて走るのが。
夕顔　(カケルに)おまえは俺の心を読まなかった。読めば、楽にシュートが取れたのに。それは、本気でサッカーがしたかったからじゃないのか？
諸星　(カケルに)行きましょうよ、サッカー場へ。でも、どこにあるのかわからない。
夕顔　昼間行った所ですよ。
諸星　でも、あそこは海に沈んでた。
夕顔　潮の満ち引きを知らないんですか？　朝になって、潮が引けば、サッカー場は地上へ出る。
諸星　そうか。
夕顔　でも、僕の探していた景色は、あそこにはなかった。地球の空は青くないし、緑の芝生だって生えてない。(カケルに)おまえが言った通り、自分のほしいものは、自分で作るしかないんだ。
カケル　それじゃ。
諸星　地球の土地は全部売った。そして、新しい羊を買った。次に俺たちがやるべきことは。
カケル　火星にサッカー場を作ることだ。
諸星　一緒に火星へ帰ろう。一緒にサッカーをやろう。
夕顔　(カケルに)ねえ、コジロー君。
のはら　(カケルに)やろうよ、みんなで。さあ。

カケル　青い空、緑の芝生、白いラインと白いゴール。火星で最初のサッカー場で、火星で最初のサッカーを。

諸星・カケル・夕顔が走り去る。反対側から、三太夫・ダイゴ・ヤマアラシ・ジャコウ・マサムネ・冒進・揚飛・館長が飛び出す。みんな、ユニフォームを着ている。サッカーの始まりだ。

諸星・カケル・夕顔が戻ってくる。三人もユニフォームを着ている。カケルがボールを奪う。ゴール・キーパーは諸星。カケルがシュート。諸星がパンチング。ボールは空へと舞い上がる。キャッチしたのは夕顔だ。

のはらがホイッスルを吹く。試合終了。

みんなが東の空を見上げる。朝の光がまぶしい。

〈幕〉

あとがき

今回は、あてがきについて書く。

あてがきというのは、役者の柄に合わせて、役や科白を書くこと。有名な話だが、日本劇作家協会の初代会長である井上ひさしさんは、役者の写真を横に並べて、脚本を執筆するそうだ。

座付き作者というものは、大抵の場合、あてがきをしなければならない。自分の所属している劇団の男優たちはみんな痩せているのに、相撲部屋を舞台にしたシチュエーション・コメディを書いてしまったら、その脚本は上演できなくなる。そうならないように、劇団員に合わせて書くわけだ。

僕の所属しているキャラメルボックスは、今から十五年前に、僕が大学の後輩たちと作った劇団だ。旗揚げしてから三年ほどは、なぜか男優の数がとても少なかった。だから、僕やプロデューサーの加藤昌史までが、役者として舞台に立っていた。加藤は二年で役者を引退したが、僕は四年も続けた。続けざるを得なかったのだ。『銀河旋律』という作品をやった時など、僕と西川浩幸の二人しか男優がいなかったのだから。

『カレッジ・オブ・ザ・ウィンド』は、旗揚げしてから七年目の作品だが、この時だって、男優は五人しかいなかった。女優は、倍の十人もいたのに。当時の僕は、女の役をたくさん登場させるために、いつも四苦八苦していた。女性がたくさんいる場所、女の子がたくさん出てくる話を、必死になって探していた。『カレッジ・オブ・ザ・ウィンド』の舞台が病院なのも、実はそれが理由なのだ。一人の女の子が病院に入院する。当然、同室の入院患者はみんな女性だ。病室を訪れる看護婦も女性だ。そんなふうに考えていくうちに、自然と登場人物が決まっていき、話が出来上がっていったのだ。

何かの本で読んだのだが、テレビ番組の司会などでも活躍している藤本義一さんは、ラジオやテレビの脚本家としてデビューしたものの、あてがきばかりするのがイヤになり、つまり、役者に合わせて話を考えたり、科白を書いたりするのがイヤになって、小説家に転向したそうだ。

男優より女優の方が圧倒的に多い劇団で、脚本を書き続けること。そのことをイヤだと思ったことは、正直な話、一度もない。もちろん、あと一人、男優がいれば、この役が書ける。そうすれば、このエピソードが書ける。そうすれば、この脚本はずっとおもしろくなる。そう思ったことは何度もある。が、その役を書けないなら、別のエピソードを書いて、もっとおもしろい脚本にしてやろう。男優が二人しかいないなら、二人の男が対決する話を書いてやろう。そんな反骨精神が、僕を奮い立たせてきた。

実際、男優が五人も十人もいたら、『銀河旋律』は書けなかった。あの時は辛かったけど、僕と西川しかいなくてよかった。そう、今では思っている。

「武士は食わねど高楊枝」というと、何だか貧乏人の負け惜しみみたいだが、そんな誇り高い気持ちを持っていたからこそ、幕末の武士は明治維新を成し遂げることができた。自分を勤皇の志士になぞらえるつもりはないが、座付き作者には座付き作者なりの誇りがある。男優が少ない？　いいともいいとも。男優はみんな細いのに、女優はみんな太い？　いいともいいとも。制約が多ければ多いほど、座付き作者は燃える。今いるメンバーで最高の脚本を書いてやる。今いるメンバーをみんな輝かせてやる、と。

　だから、『カレッジ・オブ・ザ・ウィンド』も、女優が男優の倍いたから、仕方なく病院を舞台にした、というわけではない。五人の男優と十人の女優、そのすべてを輝かせるために、病院という舞台が選ばれたのだ。

　ところで、僕も役者の写真を横に並べて、脚本を書いたことがある。もちろん、井上ひさしさんの真似をしたのだが、それが『カレッジ・オブ・ザ・ウィンド』だった。が、書いているうちに、写真のことなど忘れてしまい、結局はほとんど見なかった。だから、次の脚本は、また写真なしで書いた。

　が、僕は今でも、キャスティングをしてから、ストーリーを考える。西川浩幸が演じる「鉄平」なら、どんな行動をするだろう。どんな科白を言うだろう。脚本を書く前も、書いている最中も、僕の頭の中では、西川の顔をした「鉄平」が動いている。そのためなのか、「鉄平」はけっして悲愴にならない。刑事に撃たれ、重傷を負っても、「ほしみ」に冗談を言い続ける。「鉄平」が原稿用紙の上だけの存在だったら、けっしてそうはならなかっただろう。

　あてがきというのは、座付き作者が役者に「してやる」ことではない。役者に「させてもらう」ものなのだ。役者の持っている実在感をジャンピング・ボードにして、作者はより高い所へ飛ぼうとするのだ。

　僕がいつも巻末に上演記録を載せるのは、そのためだ。僕は、初演の役者たちの力を借りて、その作品を書いた。再演の役者たちの力を借りて、その作品を書き直した。座付き作者は、あてがきをするから書ける。そう、僕は思っている。

『カレッジ・オブ・ザ・ウィンド』は、キャラメルボックスのサマーツアーとして、一九九二年の八月に上演された。「ほしみ」を演じた町田久実子には、本当に感謝している。彼女がいなければ、この作品は生まれなかった。もちろん、他の役者たちにも感謝しているが、僕は本番の全ステージ、町田の「また会おうね。また来年の夏に」という科白に泣かされ続けた。町田が翌年の秋にキャラメルボックスを退団した時、もうこの作品を再演することはないだろうとさえ思った。

が、初演から八年経って、ついに再演することになった。この本に収録したのは、二〇〇〇年の七月から八月にかけて行われる、再演のバージョン。初演では十五人いた登場人物が十四人になったが、それ以外の書き直しはほとんどない。この文章を書いているのは二〇〇〇年の五月。稽古がつい昨日、始まったばかり。本番までに、科白はさらに変わっていくだろう。

町田は今、苗字を松野と変えて、長野に住んでいる。二児の母親として。町田が見に来たら、役者を辞めたことを悔しがるほど、おもしろい芝居にしたいと思っている。そのために、がんばるぞ。

『スケッチブック・ボイジャー』は、キャラメルボックスの春公演として、一九八八年の五月に初演された。僕の劇作家としての方向性を決めた、記念すべき作品だ。それまでは、わかる人だけがわかってくれればいいと、「成井ワールド」作りに勤しんでいたが、この作品を期に、見に来た人のすべてを楽しませるために全力を尽くそう、そのために、まず何よりもわかりやすくしよう、と作風を一変させたのだ。とは言っても、現実そのものの話じゃなくて、大好きなSFやマンガの要素を入れて。

つまり、ファンタジーだ。僕が書いた、初めてのファンタジー。それが、この作品なのだ。『スケッチブック・ボイジャー』は、コードウェイナー・スミスの『ノーストリリア』と、神林長平の『敵は海賊・海賊版』を参考にしている。どちらも、興奮間違いなしの傑作だ。読んでない人にはぜひとも読んでほしい。

『スケッチブック・ボイジャー』の中で、西川浩幸の演じる「諸星」が、こんな科白を言う。

諸星　作者だったら何でもできると思ったら、大間違いですよ。本当におもしろいストーリーっていうのは、作者の計算の外にある。登場人物がいきいきと動き出して、自分たちの言葉を話し始めた時、初めてストーリーはホンモノになる。作者が頭で考えているうちはダメなんだ。

登場人物に息吹を吹き込むのは、作者の仕事だ。が、座付き作者の場合は少し違う。役者も一緒に手伝ってくれる。僕は中学生の頃から小説家になりたかった。自分の本が出したかった。が、小説家になっていたら、本など出せなかっただろう。いや、それ以前に、締切までに書き上げることさえできなかっただろう。座付き作者は何が何でも書き上げなければならない。なぜなら、役者たちが待っているから。「科白を覚えなくちゃいけないんだから、早く書いてよ」と怒る役者たちが。

座付き作者になってよかった。

二〇〇〇年五月三十日、九回目の結婚記念日を目前に控えて、東京にて

成井　豊

『カレッジ・オブ・ザ・ウィンド』

上演期間	1992年7月16日～8月24日	2000年7月5日～8月20日
上演場所	新神戸オリエンタル劇場 紀伊国屋ホール	新神戸オリエンタル劇場 サンシャイン劇場

■CAST

ほしみ	町田久実子	小川江利子
鉄平	西川浩幸	西川浩幸
あやめ	大森美紀子	岡田さつき
菊川	上川隆也	木下政治 （劇団M.O.P.）
ギンペイ	近江谷太朗	近江谷太朗
ナミコ	津田匠子	坂口理恵
タケコ	真柴あずき	真柴あずき
ツキエ	石川寛美	中村亮子
ヨウタ	伊藤ひろみ	藤岡宏美
藤枝	中村恵子	中村恵子
松倉	遠藤みき子	大森美紀子
萩本	坂口理恵	青山千洋
百合子	岡田さつき	
蒲原警部	佐藤吉司	篠田剛
薄田刑事	今井義博	佐藤仁志

■STAGE STAFF

演出	成井豊	成井豊
演出助手	相良佳子	石川寛美
美術	キヤマ晃二	キヤマ晃二
照明	黒尾芳昭	黒尾芳昭
音響効果	早川毅	早川毅
振付	川崎悦子	川崎悦子
照明操作	勝本英志	勝本英志
衣裳	井上よしみ BANANA FACTORY	小田切陽子 BANANA FACTORY
大道具製作		C-COM
小道具	きゃろっとギャング	酒井詠理佳 きゃろっとギャング
舞台監督助手		桂川裕行
舞台監督	村岡晋	矢島健

■PRODUCE STAFF

企画・製作	加藤昌史	加藤昌史
宣伝美術	GEN'S WORKSHOP	
宣伝デザイン	ヒネのデザイン事務所 ＋森成燕三	ヒネのデザイン事務所 ＋森成燕三
宣伝写真	伊東和則	タカノリュウダイ
製作	ネビュラプロジェクト	ネビュラプロジェクト

上演記録

『スケッチブック・ボイジャー』

上演期間	1988年5月24日～29日	1989年5月9日～28日	1995年5月3日～6月19日
上演場所	シアターモリエール	シアターモリエール 横浜相鉄本多劇場	シアターアプル 近鉄劇場
■CAST			
のはら	大森美紀子	大森美紀子	大森美紀子
諸星	西川浩幸	西川浩幸	西川浩幸
カケル	福本伸一 （ラッパ屋）	寺田圭佐 （劇団都市彦）	今井義博
夕顔	真柴あずき	津田匠子	津田匠子
三太夫	原田匡人	宮本勝行 （劇団僕らの調査局）	近江谷太朗
ダイゴ	鈴木源一郎	下山栄 （気まぐれ倶楽部）	岡田達也
ヤマアラシ	中村恵子	中村恵子	中村恵子
ジャコウ	堀江泉	岩浪多香子	遠藤みき子
マサムネ	倉内雅彦／小栗真一	小栗真一	篠田剛
冒進	成瀬さとみ	伊藤ひろみ	伊藤ひろみ
揚飛	伊藤ひろみ	渡辺宏美	明樹由佳
館長	成井豊	成井豊	上川隆也
■STAGE STAFF			
演出	成井豊	成井豊	成井豊
美術	福島正平	福島正平	キヤマ晃二
照明	黒尾芳昭	黒尾芳昭	黒尾芳昭
照明操作	倉本泰史	久富豊樹	勝本英志
音響		相沢えり子	早川毅
音響操作	宮川かおり	斉藤辰也	井指恵美子
振付	まつみやいづみ	まつみやいづみ	川崎悦子
衣裳	上野有紀，松井恵美麻	横倉のり子 BANANA FACTORY	小田切陽子 BANANA FACTORY
小道具		きゃろっとギャング	きゃろっとギャング
大道具製作			C-COM
舞台監督助手		高橋麻衣子	山本修司，酒井詠理佳
舞台監督		村岡晋	村岡晋
■PRODUCE STAFF			
製作総指揮	加藤昌史	加藤昌史	加藤昌史
宣伝美術	GEN'S WORKSHOP	GEN'S WORKSHOP	GEN'S WORKSHOP ＋加藤タカ
宣伝デザイン			ヒネのデザイン事務所 ＋森成燕三
宣伝写真			伊東和則
製作	ネビュラプロジェクト	ネビュラプロジェクト	ネビュラプロジェクト

成井豊（なるい・ゆたか）
1961年、埼玉県飯能市生まれ。早稲田大学第一文学部文芸専攻卒業。1985年、加藤昌史・真柴あずきらと演劇集団キャラメルボックスを創立。現在は、同劇団で脚本・演出を担当するほか、テレビや映画などのシナリオを執筆している。代表作は『ナツヤスミ語辞典』『銀河旋律』『広くてすてきな宇宙じゃないか』など。

CARAMEL LIBRARY Vol. 4
カレッジ・オブ・ザ・ウィンド

2000年7月10日　初版第1刷発行
2013年4月30日　初版第4刷発行

著　者　成井　豊
発行者　森下紀夫
発行所　論 創 社
東京都千代田区神田神保町2-23　北井ビル
振替口座 00160-1-155266　電話03（3264）5254
印刷・製本　中央精版印刷
ISBN4-8460-0161 X

CARAMEL LIBRARY

1. 俺たちは志士じゃない◉成井豊＋真柴あずき
併録：四月になれば彼女は　本体2000円

2. ケンジ先生◉成井 豊
併録：TWO　本体2000円

3. キャンドルは燃えているか◉成井 豊
併録：ディアー・フレンズ，ジェントル・ハーツ　本体2000円

4. カレッジ・オブ・ザ・ウィンド◉成井 豊
併録：スケッチ・ブック・ボイジャー　本体2000円

5. また逢おうと龍馬は言った◉成井 豊
併録：レインディア・エクスプレス　本体2000円

6. 風を継ぐ者◉成井豊＋真柴あずき
併録：アローン・アゲイン　本体2000円

7. ブリザード・ミュージック◉成井 豊
併録：不思議なクリスマスのつくりかた　本体2000円

8. 四月になれば彼女は◉成井豊＋真柴あずき
併録：あなたが地球にいた頃　本体2000円

9. 嵐になるまで待って◉成井 豊
併録：サンタクロースが歌ってくれた　本体2000円

10. アローン・アゲイン◉成井豊＋真柴あずき
併録：ブラック・フラッグ・ブルーズ　本体2000円

11. ヒトミ◉成井豊＋真柴あずき
併録：マイ・ベル　本体2000円

12. TRUTH◉成井豊＋真柴あずき
併録：MIRAGE　本体2000円

論創社◉好評発売中！